柳之助
Ryunosuke
[絵]ゲソきんぐ
Illust:Gesoking
JN034602
バケモノのきみに告ぐ、
I Tell You, Monster.

CHARACTER

I Tell You, Monster.

こんな死に方なんて許しませんよ——

シズクの自室にて

プロローグ

「ではこれより、ノーマン・ヘイミッシュ君への審問会を始めまぁぁぁぁすッ！」

冷たい石造りの部屋に、不自然なほど明るい声が響いた。

「いやぁ、楽しいね！　最高だ！　そうとは思わないかな、ノーマン君⁉」

「いや、楽しくない。最悪だよ。そんなこと思えないよ、ジム」

二人の少年が長机を挟み、椅子に座りながら向かい合い、正反対の言葉を口にした。

部屋の端には、別の長机があり、通信機と雑多な物が陳列されるように置かれている。

黒のフェルトハット、着古されたロングコート、財布、ハンカチ、ライター、新品の煙草、虫眼鏡、定規、ピッキングツール、地理書、手帳、書類が挟まったバインダー、リボルバー式拳銃、携帯式の折りたたみステッキ等々。少し離れた壁には、備え付けらしき電話器も。

拘束された灰色の髪の少年の背には大きな四つの窓があり、真っ黒な夜闇が広がっている。

「今の俺の姿を見てみなよ。どうなってる？」

「両手両足をしっかりと椅子に縛られてるね！　この為に解けない縄の結び方を勉強したのさ！　中々に興味深かったよ！」

「解いてほしいんだけど？」

「お断りしよう！」

「酷い対応だ。いつもだったら鬱陶しいくらいお茶とお菓子を出してくれるのに」

「ここは私の研究室でもないからね！　というか君、いつもそれにほとんど手を付けないじゃないか。最後に私のところに来たのがいつか覚えているかね？」

「…………いつだっけ。しばらく街にいなかったじゃん」

「三十七日前だよ！　首都に出張することを伝えたら、君は二分で帰ったじゃないか！　もう！　ついでに世間話とかしたかったのに！」

　少年は満身創痍、とまでは言わなくても随分とくたびれた状態だ。白シャツ、サスペンダー、黒のズボンというシンプルな恰好は泥と血で汚れ、細かい傷が全身のあちこちにある。首にかかる少し長い髪も服装も乱れ、露わになった鎖骨からは暴力の余韻が残っている。

　気だるげな仏頂面で息を吐く姿は、道端に転がっている浮浪者みたいにみすぼらしい。

「君のこんな姿初めて見たんだ。もっと楽しませてほしいよ、ノーマン君！」

　にたにたと笑みを浮かべる金髪の少年。

　心の底から楽しそうに笑う姿は、白衣さえ無視すれば舞踏会の中心人物みたいな華やかさだった。質のいい燕尾服の上から白衣を羽織るというちぐはぐな恰好。

「趣味が悪いなぁ、ジム・アダムワース」

「君だけには言われたくないねぇ、ノーマン・ヘイミッシュ君」

拘束された少年はノーマン・ヘイミッシュ。

拘束したのはジム・アダムワース。

尋問風景にしか見えないのに、道端のカフェで歓談しているかのように。

「大体なんだよその服。なんで燕尾(えんび)の上に白衣着てるんだ」

「おいおい分からないのかい、ノーマン君！」

彼は立ち上がり、大げさにばさりと白衣の裾を翻す。

「私は社交界ではお洒落(しゃれ)な伊達男(だておとこ)として名を馳(は)せているのだよ!?　君への尋問は仕事なので正装でないと！　場所とやり方は友人相手ゆえに少々趣向を凝らしたが！　加えて私はこれでも研究員だからねぇ！　研究者としての正装は白衣と決まっている……！」

「コーディネートって言葉知ってる？」

「ふっ……やれやれ。仕方ないねぇ、いつの世も、最先端を行く者は理解されないものだ……」

「…………」

しみじみと呟(つぶや)きながら椅子に座り直すジムに、ノーマンは半目を向けた。

それに構わずジムは肩を竦(すく)め、

「まぁ正直、縛られた君を見るというのは愉快であると同時に心苦しくもある。私にとって唯一の友人を、こんな目に遭わせてしまっているんだからねノーマン君！」

「部下使って、袋叩きにして、ズダ袋被せて拉致して、拘束して、その発言？」

「あぁ……実に心苦しいよ？　ノーマン君」

笑みを消した頷きは深く、重々しく、ゆっくりと。

「だが、仕方ない。人生とはこういうものだよね！　ノーマン君！」

「……はぁ」

一瞬でジムの笑顔は元に戻り、ノーマンは仏頂面のままだった。

縛られた少年は天井を見上げ、

「大体どこなんだよここは」

「ふっ……こうして拉致拘束した相手に場所の詳細を言うものではないだろう。君と私が話すには相応しい場所とだけ言っておこう！　ノーマン君！」

「………まぁなんでもいいけどさ」

「うーんそこはもうちょっと気にしてほしいなノーマン君……！」

何故かジムは悔しそうに拳を握り、

「まぁいいか！」

すぐに切り替えた。

「話を聞かせてもらおうか！　これでも私は『カルテシウス』からの正式な任務として君を取り調べしているのだからねノーマン君！」

「……とりあえず、いちいち語尾みたいに名前呼ぶの止めてくれない？」

「この城壁都市バルディウムを取り巻く《アンロウ》についてだ！　ノーマン君！」

ぱんっ、と良い音を鳴らしてジムは嘆息を一つ。

足を組み、わざわざ白衣の襟を直して気合を入れる。

「この街、バルディウムが城壁に囲まれた街なのは知っているだろう！　ノーマン君……！」

「そこから？」

「茶々を入れないでくれたまえ。こういうのは雰囲気が大事だろノーマン君！」

言い切ってから首を傾げて、

「…………いちいち語尾に君の名前叫ぶの、飽きてきたな？」

「俺もそう思う」

肩を竦めたノーマンにジムは少しテンションを下げながら話を戻す。

「ノーマン君。君がこの街に来て一年半、当然のことながら城壁を日々見ているだろう。百メートル近い高い壁が街全体を覆っているねぇ。いつからあるのか定かではなく当然のようにあるから、もう誰もどうしてあんな巨大な壁があるのかなんて疑問に思っていないほどだ。あぁ……なんだったかねぇ、君はよく言っていた」

「――この街は、風が吹かない」

「そうそう、それだねぇ！　中々詩的じゃあないか！　私見としては箱庭だ。それも、《アン

にやりと、貴族然とした少年が嬉々として身を乗り出し、

「《アンロウ》だ！」

その単語を力強く繰り返す。

「《アンロウ》ね」

ノーマンは、どうでもよさそうに呟いた。

単語に対して興味が無いというより、ジムの勢いに辟易して。

「今更君にどこから話すかは少し考えたが、やはり最初から話すべきだと思うのだよ。《アンロウ》とは何か？」

ジムは芝居がかった仕草で腕を広げる。

「魔法、奇跡、幻想。幼い頃、一度は信じるものだろう。しかしそんなものは存在しない！」

だが、と。金髪の少年は笑みを深めた。

「この世の法則から潜伏し、変貌させ、逸脱し、歪曲させるバケモノはいるのだよ……！」

「……」

「知っての通り、私は《アンロウ》の研究をしているわけだがね!?」

「研究も、だろ？」

「ははは！　それは後にしておこうじゃないか！　《アンロウ》とはいわゆる魔法使いのよう

だが、しかし御伽噺のように心温まるものではない……むしろ、全くの逆さ！」

授業のような解説は続き、

「それらは、狂っているのだ！」

言い切った。

「元々精神的な病を負っているか、或いは壊れているか。勿論、そんな人間はいくらでもいる。だが、このバルディウムではそういった精神の不安定さからまるで魔法のような異能に目覚め、バケモノになってしまうものが出てくる。それを指して、《アンロウ》と呼ぶ！」

「表面的な説明だね」

「では本題に迫ろう」

ジムはパチンと指を鳴らし、ノーマンを指した。

「君は、この街でその《アンロウ》を飼っている。政府直属『カルテシウス』のエージェントとして！　そして君は、君が経験した事件について話す。それを私が吟味し、『カルテシウス』の上に報告する。立場と状況を理解したまえよ！」

なぜならと、ジムは両腕を大きく広げた。

「治安の悪化に始まり、公的施設の破壊、さらには『カルテシウス』への背反の容疑だ！」

「心外だね、ちゃんと真面目に働いていたのに。こんな目に遭うとは姉さんに『カルテシウス』に勧誘された時は思って……いや、ちょっとは考えたかな？　まさか本当にこんな目に遭うとは思っていなかったし、相手が君だとは思わなかった」

「誰を想定してたんだい？」

「姉さん」

「わはははははははは！」

『カルテシウス』。

ジムの言う通り、彼もノーマンも、話に出てきたノーマンの姉もそれに所属する研究員、或いはエージェントだ。

「知っての通り、我々は《アンロウ》という超常存在の研究・調査或いは対処を行うわけだ。私は研究者として、ノーマン君や君の姉が実働のエージェントとして所属しているわけだね」

彼は立ち上がり、机に置かれたバインダーを手に取った。

「《アンロウ》はその危険性から秘匿されるべきとされている。ま、そりゃそうだ。基本的に外見は人間と左程変わらない。危険性は言うまでもないがね。だからこそ——我々『カルテシウス』の一部のエージェントは《アンロウ》を管理し、運用しているわけだ。君のようにね」

そこから取り出した書類は四枚。

ジムは写真付きのそれを眼前の机に並べた。

「——」

ノーマンは薄いブルーの瞳を細めて、それらを見据え、ジムは言葉を紡いだ。

「《涙花（ティアードロップ）》」

フードを被（かぶ）った銀髪の少女。黄色い目はそっぽを向いている。

つまらなそうな瞳はまるで世界の全てを見放したような、そんな視線。

「《魔犬（シリウスフレイム）》」

長い金髪の背の高い女。首を傾けて控えめにほほ笑んでいる。

こんな自分が写真を世界に残すのは申し訳ない、そんな仕草。

「《宝石（エンハンスダイヤ）》」

褐色の肌に、黒い髪の女。一房だけ赤い前髪と不敵な笑み。

世界の全ては自分を中心に回っている、そんな雰囲気。

「《妖精（エアリイステップ）》」

亜麻色の髪の少女。ウィンクと共に手の甲を向けたピースサインを顎に添えている。

世の中にどんなことがあっても彼女は笑っていそうな、そんな笑顔。

「合わせて四体、君の玩具のバケモノたちについて話を聞きたくてねぇ」

「――バケモノじゃない、人間だ」

ノーマンの暗く淀（よど）んだ青とジムの輝く金の視線がぶつかり合い。

――ジリジリリ！　という、通信機の音が響き渡った。

「……やれやれ、興が削（そ）がれたね。出てもいいかい、ノーマン君」

「……好きにすれば？」

「では」

肩を竦めたジムは、通信機に繋がれた受話器を取りに行く。

そのまま数言、言葉を交わし、

「……ふむ」

首をひねりながら椅子に座った。

机の上に広げられた四枚の写真をじっくりと眺め、

「ノーマン君、君はこのバケモノたちが人間だという」

「あぁそうだ。ついでに言うと可愛い女の子たちだね」

「なるほど」

ジムは一つ頷き、真顔で口を開き、

「その四人、外で殺し合いしているようだよ？」

バケモノのきみに告ぐ、

I Tell You, Monster.

●

人気のない夜の街道に、銀色が舞う。
腰まで伸びた長い髪が、少女の動きを追いかける。
わずかな街灯を浴びて煌びやかに輝いた。
特徴的な暗い黄色の瞳も。活動的な少年のような装いは、顔以外に一切の露出がない。
両手でさえ革手袋を着け、そして華奢な少女に不釣り合いなものを構えていた。
身の丈もある狙撃銃だ。
通常、腹這いになった状態で使用される火器ではあるが、
「あぁもう本当に鬱陶しい……！」
少女は端整な顔立ちを苛立たしげに歪め、立ったままに引き金を引いた。
響くのは銃声――――だけではなかった。
物理的な空気の震えではない。
もっと、別の何かに伝わる振動。
それを、
『オオォォォォォォォォ――――――ン!!』

獣のような咆哮とともに、また別の何かが暗闇から打ち砕いた。

姿は見えない。

ただ、真っ暗な闇の中で赤い双眸が輝いていた。

「――品性が足りませんね、シズクさん」

赤の双眸は咎めるような言葉を紡いだ瞬間、

「品性があれば良いという話でもないだろう！」

横から乱入者の飛び蹴りが叩き込まれた。

衝撃と轟音。

赤瞳の影は街灯の下に飛び出すことなく闇の中に吹き飛ぶ。

「ハッ！　良い蹴り心地だエルティール！」

高らかな笑い声と共にまた新しい女が着地する。

一房だけ赤く染めた黒髪、咥えた煙草、褐色の肌の男装の美女。

黒のジャケットは袖を通さずに肩に掛け、右脚のズボンの丈は大胆に切り落とされている。

「礼はいらんぞシズク！」

名を呼ばれた銀髪の少女は返事代わりに引き金を引いた。

至近距離からの発砲は一瞬で黒髪の女の胸に着弾し、

「相変わらず見た目に似合わない銃だが――私には効かんな」

何かに阻まれ豊かな胸に転がった弾丸を失笑気味に女は指で弾き飛ばす。

奇妙なことに銃弾はひしゃげ、肌どころか服すら傷つけられていない。

「ちっ――！」

「おいおい、そう嫌がるな！」

銀髪の少女は背後に飛び退く。

それを褐色の女が追った。

元々数歩分しか離れていなかった距離がつまるのは一瞬。

女は嬉々とした笑みを浮かべながら拳を振りかぶろうとした時だった。

――こつん。

これまでになかった小気味の良い音、そしてそれに続いたのは、

「それではボクがお返しをあげよう、ロンズデーさん」

耳に届く新たな声。

「……！」

咄嗟の動きで、背後を裏拳で振りぬいた。

響くのは、鈍い破砕音。

非常に固い物体を無理やり殴り砕いたような音。

だが、その場には何もない。あるのは薄暗い街の明かりだけ。

それでも、女は確かに何かを殴っていた。

銃弾でかすり傷すら付かなかった肌に血が滲んでいる。

女はそれにすらも口端に弧を浮かべ、軽やかな歩みで現れた少女に叫んだ。

「遅かったな、妖精」

「真打は最後に現れるんだよ、宝石さん」

亜麻色の髪に制服の少女。

右目の浅葱色と左目の淡い桃色の虹彩異色が闇夜の中で輝いている。

「……………クラレスさん」

「やぁシズクちゃん。ボクに感謝してくれてもいいんだよ」

褐色の女が足止めを食らっていた間に距離を空けた銀髪の少女が乱入者の名前を呼ぶ。

その口調は、言葉を交わすことすら忌々しいと言わんばかりに絞り出すようなもの。

言いたくはないけど、言わずにはいられない、という感じ。

「……………誰が。ロンズデーさんが反撃しなかったら私にも当ててましたよね」

「くすくす。さぁ、どうだろうか。君はどう思う、エルティール」

「……相も変わらず、煙に巻くお人ですね」

オッドアイの少女の問いに答えたのは、黒い靄から姿を現した長身の女だった。

豊かな金髪の美女。

特筆すべきは二メートルに届きかねない体躯だ。

首から下の全身を継ぎ接ぎのトレンチコートで覆っている胸元は大きく膨らんでいる。

「中々目の保養になる恰好だな、エルティール」

トレンチコートの下は、全裸だった。

「放っておいてください」

女は嘆息し、目を伏せながらわずかに鼻を鳴らす。

「――勢ぞろいですね」

銀髪と狙撃銃を持つ少女、シズク。

金髪と全裸コートの女、エルティール。

黒髪と褐色肌の女、ロンズデー。

亜麻色の髪とステッキを手にした少女、クラレス。

四人の少女と女たちが、暗い灯りの下で対峙し合う。

まず口を開いたのはクラレスだった。

エメラルド色のステッキをこつんと一つ鳴らし、

「さて。目的は一緒なわけで、どうしたものかなこの状況。一応聞いておこうか。どうかな、ボクたち四人で仲良くノーマン先生を助けに行くというのは」

妖精とも呼ばれた少女は華やかな笑みで三人に問いかけ、

「…………ありえないでしょう」

「結構です」

「冗談にもならん。正直に言ったらどうだ？　自分がメインヒロインになるから、私たちに引き立て役になれと」

「流石。話が速いねぇ」

くすくすと、クラレスは笑い、ステッキの柄を手の中で遊ばせながら視線を向ける。

「ボクとしてはせっかく四人が揃ったんだ。協力してほしいところなんだけどね。なんと一年半ぶりくらいじゃないかい？」

「…………協力してほしいなんてウケますね、クラレスさん」

「何かな、シズクちゃん」

ほほ笑みを向けられたシズクは、口端だけを歪ませた笑みで返した。

「ノーマン君がトラブルに巻き込まれたのは、あなたの番の直後だったでしょうに。それがこの様ですか。《妖精》の名が泣きますよ？」

暗い黄の瞳が、クラレスに突き刺さる。

嘲るように、問いただすように。

「協力させてください、の間違いなんじゃないですか？　自分がノーマン君を守り切れなかったせいです、ってね」

「――流石、キレがあるねシズクちゃん」

返す笑顔は張り付いている仮面のようだった。

「確かにボクの落ち度と言えるかもしれない。甘んじて受け入れよう。だけど、ねぇ。涙花ちゃん。君こそ――ノーマン先生の危険に気づけたはずだろ？　どうせ、自分の番じゃなくてもいつも先生を聞いていいただろうに」

それに、とクラレスは言葉を続けた。

「君、他人を攻撃する時だけ早口になるね」

「――――ちっ」

今度はシズクが二色の眼光を受ける番だった。

クラレスの指摘に彼女は舌打ちをする。

「瑕疵があるとすれば……いや、言い訳みたいになっちゃうけどね。お互い様じゃないかな？ボクたちはそういう間柄だろう？　そうは思わないかな、探偵さんも魔犬ちゃんも」

「どうして私がちゃんづけなんでしょうか」

「いや君は可愛い系だからね」

「確かに私は恰好良い超絶美人だし、ちゃん付けは似合わないな」

話に割り込んだのは煙草を指で摘まむロンズデーであり、

「あちらは仲が悪そうだ。どうだエルティール、私たちだけでも仲良くするか？」

「何を愚かなことを」

「だって、お前はノーマンの犬だろう？」

彼女の言葉にエルティールは眉をひそめる。

その先には吸った煙を吐き出す美女がいて、

「あいつの犬なら、私の犬でもいいんじゃないか？　常々私は思っていた」

「――下品な人ですね」

「はっ！　品が無いのはお前だろう、《魔犬》」

「それに性格も悪いですね。何もかも、自分の考えを真実としなければ会話ができないのですか？　貴女（あなた）に付き合わされるノーマン様の気苦労が偲（しの）ばれます」

「それが私の仕事だ。あと、ノーマンは楽しくやっているぞ？　あれでマゾだから」

「は？　逆でしょう。攻め上手です」

「くすくす。そこに関してはそれぞれで見解に違いがありそうだ。ねぇ、シズクちゃん」

「…………下らない。そんな話をしてる場合じゃないでしょうが」

四人が四人とも互いに対して言葉で牽制（けんせい）し、言外で敵意をぶつけ合っている。

餌を取り合う肉食獣がにらみ合っているみたいに。

結局のところ、言いたいことは一つだ。

彼女たちの内面は何もかも違いながら、それだけは違わない。

「――ノーマン君は私がいないと駄目なんですから」
「――ノーマン様は私がお救い差し上げます」

「――ノーマンは私のものだ」
「――ノーマン先生にはボクがいる」

だから――お前たちは邪魔をするなと。

態度で、仕草で、気配で、言葉以外のあらゆるもので全方位にその意思を投げかける。

「私も会話は好きだがお前たち相手だと別だな。《妖精》はともかく、そっちの二人なら言うまでもないだろう」

「勝手に人のこと語らないでほしいですね、ロンズデーさん」

「……エルティールさんに同意するのも忸怩たるものがありますがその通りですね。余計なお世話です。私はノーマン君さえいれば良い」

「くすくす。分かってはいたけど。これは話が通じないねぇ」

誰もがお互いを親の仇のように見据えている。

態度に差異はあれど根本的なものは同じだ。

シズクは革手袋の指先を口で咥えて外し、その指を掲げて。

エルティールは背中を丸めて腰を落とし、歯をむき出しにして。

ロンズデーは凄惨に頰を吊り上げ、拳を鳴らして。

クラレスはにこやかな笑みを張りつけながら、ステッキで石畳の地面を突いて。

四人の少女――――四人の《アンロウ》は己を解き放つ。

この世の理に反する、何かを。

「――――どう思うかね、君は」

「うーん。……ん」

ノーマンは問いに腕を動かそうとし、しかし拘束されていることを思い出してため息を吐いてから、にっこりと笑った。

「四人とも俺を助けに来てくれるなんて、感動ものだね」

「…………私が言うのもなんだが、君の笑顔はあまりにも嘘くさいね」

金の瞳が呆れたように半分に細められた。

殺し合いをしていると聞いたのにその言葉だ。

本当だとしたら人でなしが過ぎるし、嘘だとしたらあからさますぎる。

ノーマンが何を考えているか、今の時点ではジムには何もわからない。

これまでもずっとそうだった。

「……コホン。とにかく私の仕事は君のここ一ヶ月におきた事件の詳細を聞くことだ」

「報告書は姉さんに提出したから君も読んでいるはずだし、何なら合間合間に君の研究室でそれに関する雑談もしたでしょ。なのにわざわざ繰り返すのかな？」

「勿論（もちろん）、本題は別にある。だが、その前に必要なことなんだ。確認作業、通過儀礼、とでも思ってくれ」

「…………ちなみに。君のことを完全に無視し続けたらどうなる？」

ジムは満面の笑みを浮かべながら右手でゆっくりと自分の首をなぞった。

「……なるほど」

「まあ私が頑張って命は助けてもいい！　だがその場合、君の身柄は私のものさ！　ちょっと待てよ⁉　それもかなり良（い）いんじゃないか⁉　いやぁ何をしてもらおうかなぁ！」

「よし、聞きたいことを話そうか。その代わり君が満足したら俺も君に聞きたいことがある」

「おっと！　まぁそれもまた良しとしよう！」

では、とジムは手にしていたバインダーを開き、あるページで手を止める。

「まずはこれだ！　この一ヶ月間、君は君の《アンロウ》と随分この街を騒がせていただろう？　四つの事件、四体のバケモノ。その一件目。ある邸宅で起きた怪死事件。されど《アンロウ》が絡（から）むなら、それはただの殺人事件。解決するのが《涙花（ティアードロップ）》ならなおさらだ！　アレの前ではあらゆるトリックは意味を成さない！　それを携えた君はそれに対してどう思ったのかをね！」

「あー……強いて言うなら……特別なものの重要性、かな？」

「悪くはない語り出しだ！」

うきうきと語り出すジムはまるで子供のようだ。

拉致監禁し、尋問をしていても、まるで敵意も害意もない。

友人と話すような気軽さはずっと変わらず。

だからこそ、不気味だ。

「さぁ、語りを頼むよ。《アンロウ》の話はミステリにはならない。アクションか、サスペンスか、ホラーか。モンスターパニックになるのか」

「……さぁね、悪いけど期待しないでほしいな。きっとどれも違う」

じゃあ何かと聞かれれば、答えに困るのだけれど。

そんな風にジャンル分けできるなら、楽だったなとノーマンは思う。

「ただ、一つだけ訂正だ。ジム・アダムワース」

「聞こう、ノーマン・ヘイミッシュ」

ノーマンは言葉を紡（つむ）ぐ。

ついさっきも言ったことだけれど。

何度だって、彼は繰り返す。

「これはバケモノの物語なんかじゃない。――人間の物語だよ」

第一幕
ウォールウッドの醜聞
The Gossip in Wallwood

少女は暗い部屋の片隅で震えていた。
本来いるはずの両親もとっくに逃げ出していて彼女はずっと独りぼっちだった。
両親だけではない。
隣人もその隣の住人も。
彼女のせいで死にかけた。
だから少女は震えている。
何故こうなってしまったのだろうと。
何か悪いことをしただろうか。
答えは出ない。
事実として、少女は広くない部屋から出ることができずただ怯えているだけだった。
そのまま行けば彼女は餓死していただろう。
「――やぁ、こんにちは」
そんな彼女の前に少年は現れた。
黒い帽子と着古したコート姿。
「っ……来ないで、ください！」
かすれた声で少女は叫んだ。

少年に対する恐怖ではない。

自分の持つ何かが、青年を傷つけてしまうと思ったからだ。

「うん？　……あぁ、ごめんね急に来て。怪しい者には見えるだろうけれど、それでも危ない者じゃない」

言われた通り足を止めて、のんびりと少年はほほ笑んだ。

少女を気遣うみたいに。

「……………なんとも、ないんですか？　私の、近くに来て……」

「うん、そうみたいだね。だから俺が助けに来たんだよ」

少女の周りにいた誰もが、少女の周りにいられなくなった。

ある日突然、彼女は独りぼっちになってしまった。

光の差し込まない暗い洞窟に置いてけぼり。

その奥で萎(しお)れた花みたいに。

だけど、少年は散歩するような気軽さで現れて手を差し伸べた。

「君の望むものかは分からないけれど。せめて、こんな部屋の片隅で震えないようにはできると思うんだ」

シズク・ティアードロップ。

いつもフードを被り、少年用のズボンかスカートにしてもストッキングやタイツ、常に手袋を嵌めた露出を絶対に認めないファッション。肩にはバイオリンの楽器ケースを提げている。

フードから零れる色素の抜けた白髪は目を引く。

暗い黄の瞳はいつも半分くらい閉じているけれど、それが逆に彼女の魅力を引き出している。

今年ようやく十六になるにしては背が低く、発育は残念な部類だけれどそれもまた愛嬌だ。

そんな彼女との待ち合わせ場所はバルディウムの住宅街の中心の噴水広場。

天気は良いが平日なせいか、子供連れの家族や恋人たちが視界でまばらに遊んでいたり、道路では馬車や最近金持ちが乗り回すような自動車の真っ黒なガスが漂っている。

シズクは通り過ぎた馬車の陰から現れた。

彼女は道路を横切り、噴水の前で突っ立っていたノーマンのもとへ歩いていく。

平和な公園が似合わないなと、ノーマンは思った。

「良い天気には似合ってるかもだけど」

「フードに対する嫌味ですかそれは？」

小柄な体を少しだけ丸めながら歩く姿は露出がないのも相まって、世界のどこからも浮いているような、どこにもなじめないような印象を与えてくる。

暗闇でずっと蕾のまま、光を浴びることを拒否する咲かない花のように。

放っておけばそのまましおれて消えてしまいそうな少女。

「やぁ、シズク。遅かったね。でも安心してほしい、俺も今来たところだよ」

「なんですかそれは。ノーマン君」

澄んだ声だった。

けれどそれに乗ったのは気だるげな、わずかな不満をにじませた声だった。

思っていた反応と違って首を傾げば、首の後ろで結んでいる髪が揺れる。

「ありゃ、おかしいな。前に待ち合わせた時は、どれだけ待っても今来たところって言うものだって言ってなかったかな」

「それは集合時間より前に会えた時の話です。相手が遅れたのにそれを言ったらノーマン君も遅れたことになるじゃないですか」

「おぉ、確かに」

「もう……」

シズクがフードの奥で息を吐く。

呆れと苦笑の中に嬉しさを込めた嘆息。

「もう、仕方ないですね。遅れてごめんなさい。けれど、なんだってこんなところなんですか」

「悪くないとは思うんだけれど。定番の待ち合わせ場所らしいよ」

「らしいよって。待ち合わせに使ったことあるんですか？」

「ないかな。このあたりに用事なんてほとんどないし」

「でしょうね。私だってそうです、そのせいで迷いました」

「でも、俺はここが待ち合わせに有名なところってくらいは知ってたよ」

「私が知るわけないことをノーマン君は知っているでしょう」

「……まぁね」

シズク・ティアードロップ。

驚くことなかれ、彼女はなんと引きこもりである。

十六歳ともなれば商家や貴族の娘なら花嫁学校に通ったりしているものだし、貧しい家庭なら働いているか結婚しているかだ。

なのに彼女は学校にも行かず、結婚もせず、働きもせず、自分の下宿先に引きこもって趣味のバイオリンを弾いているのが大半という変わり者というにはなんとも残念な少女なのだ。

本人自身にはそんな雰囲気はまるでないけれど。

ノーマンは肩を竦め、

「とりあえず行こうか」

歩き出す。

シズクは返事をしなかったがしっかりと隣についてくる。

拳一つ分の距離を空けて。

「それで？」

ジロリと冷たい眼が刺さる。

ノーマンは答えず、コートの内側からファイルを取り出しそれを手渡す。

「……」

シズクは黙ってそれを受け取った。ファイルには数枚の書類と写真。

まず彼女が見たのは貴婦人らしき人物が笑顔で写っている顔写真だ。

「誰ですかこの人」

「メアリー・ウォールウッドさん。運送会社の社長。五年前に死んだ旦那の会社を引き継いで成功させた敏腕女性社長さんだ」

「おいくつで？」

「三十五歳」

「享年三十五って言うべきですね」

ぞんざいに、つまらなそうな動きで写真を捲る。

そこにはメアリー・ウォールウッドの死体の写真が。

それなりにショッキングな死に方をしていたが彼女は顔色を変えずにファイルを閉じた。

「その歳で運送会社を成功させたってことは仕事ができる人だったんだろうね」

「あんな意味不明にデカい壁に囲まれてたら当然ですよ」

ノーマンが空を見上げ、シズクもそれに続いた。

視線の先には、巨大な壁がある。

城壁都市バルディウムはその名の通りに外周全てを大きな壁に覆われた街だ。

端から端まで歩けば、急いでも丸一日は余裕でかかる。

街の中心部に一際背の高い塔があるが、城壁はそれよりも高い。

それだけ大きな城壁を作り出すのにどれだけの時間と労力がかかったのか分からない。

この街に来てから一年半ほど経つが、街の歴史に興味はないので調べてもいなかった。

ただ、

「――――この街には、風が吹かない」

風なんてどこからか吹いて、どこにでも吹きそうなものだけれど。

ちょっとした空気の流れはともかく、風と呼べるようなものはほとんどなかった。

まるで、この街が世界から取り残されたみたいに。

「この街生まれの私からしたらそれが当たり前ですけどね」

シズクが肩を竦める。

「僻地にある街だから気軽に外にも出られませんし、基本的に生活に必要なものは街の中で完結してるから必要もないですしね」

「それでも足りないものは出てくる。そのあたりは街の外に頼らないといけなくて、そのためにこの街じゃ運送会社ってのは重要さ」

「はぁ。引きこもりなのでどうでもいいですけど」

「ある意味引きこもりだからこそ恩恵を受けていると思うけどね……」

「そんなことより」

ばすんと、音を立ててファイルが突き返された。

「久しぶりに待ち合わせと思ったらこれってことは、いきなり仕事の話ですか？」

「仕事だからね」

「非合法な」

「とんでもない。……あぁ、いえ。ミステリー小説の話ですよ」

続いた言葉は通りすがりの紳士に向けて。

高そうな燕尾服とシルクハット姿の若い青年だがおそらく貴族か何かだろう。

小柄な少女から非合法なんて言葉を聞いて足を止めてしまっていたので、ノーマンがほほ笑んで話しかけた。

「あぁ……なるほど。そうなると、そちらのお嬢さんは助手になるのかな」

上品な笑みの紳士は小さくお辞儀をしてから歩いて行った。

「………なんですか急に助手とか」

いつの間にか一歩離れていたシズクが距離を戻しながら聞いてくる。

「知らないの？　何年か前に流行った推理小説。王都で大流行して、バルディウムでも去年あたりみんな読んでたよ」

「みんなって誰ですか？」

「……君と俺以外の誰かってことかな」

「知りませんよ。文字だらけの本を読むと頭が痛くなるので」

なんというか。

クールでダウナーな雰囲気の美少女から聞きたくないセリフの上位ではないだろうか。

「それで？」

「名探偵の主人公がいて、その助手が振り回されながら事件を解決するっていう話だよ」

「ふぅん…………ふっ」

俯きながら彼女は小さく口の端っこを歪めた。

年頃の少女には似合わない笑い方。

「その話なら、助手はノーマン君の方でしょうに」

「……まぁね」

「ぷぷっ……くく……」

妙にツボにはまったらしく、小さく肩を震わせていた。

「………あの本、俺が印象的だったのはさ。わりと頭のネジが外れてる名探偵に振り回されてる助手が、文句言いつつなんだかんだ付き合ってるところだったよ」

「くくっ……ふふっ……やっぱりノーマン君じゃないですか……！」

肩の震えが大きくなった。なんだろう、全く釈然としない。

「ふぅ。いえ、失礼でしたね。ノーマン君は文句言わないですし」

「そうか……？　そうかな……」

「ええ。言っていたとしても私は聞いていませんから」

「こいつ……」

「くくくっ」

笑みとともに揺れた体が少しだけ、ノーマンに触れた。

「それでは行きましょうか助手君。殺人事件なんて面白くもなんともないですし」

「名探偵はそんなこと言わない」

たぶん。

三十分ほど歩きたどり着いたウォールウッド邸はそれなりに豪勢な二階建ての館だった。

その主人であるメアリーの私室、即ち殺害現場もやはりそれなりに豪勢な部屋だった。

部屋の中央に執務机、壁際にはびっしりと整頓された本棚や書類置き。どちらかといえばファイルやバインダーの方が多い。

窓は二つ。人が通れそうな大きいもので日当たりも良さそう。

天井近くには小さな換気口らしきものが一つだけ。

絨毯は思わず沈み込んで行くんじゃないかと思うほどふかふかだった。

良い部屋だと思う。

問題は――――執務机が真っ二つに割れて、そこに血痕があったということだ。

ノーマンはファイルを取り出して、部屋着姿のメアリー氏の殺害写真と見比べる。

写真では真っ二つになった執務机の間でメアリーがひしゃげていた。

正確には胸部がごっそり潰れている。骨が肉を突き破り、内臓は破裂していただろう。

彼女を執務机に腰かけさせ、そこに鋼鉄かなにかの巨大なハンマーを思い切り振り下ろしたとしても、そうはならないはずだ。

しっかりとした造りの机がぶっ潰れている。

「なるほど」

「どうだ、ヘイミッシュ」

声をかけて来たのはシズクではなかった。

くたびれたモスグリーンのコートとやはりくたびれた黒いスーツの長身の痩せた男。

髪は短く切り揃えられているが、身だしなみより手入れの楽さを優先という感じ。

顔はそこそこ、だが疲れている表情と目の隈のせいで女性受けは悪そうだ。

ハリソン・レナード。

バルディウム警察の刑事であり、ノーマンとはそれなりに旧知の仲だった。

彼と会う時はいつも疲労困憊という感じなのでノーマンは勝手に心配していた。

「そうですねぇ」

かけられた声に肩を竦める。

「俺にはなんとも」

「別にお前の推理を期待しているわけじゃない」

切り捨てるような、うんざりしているのがにじみ出る声だった。

「状況を理解しているかと聞いたんだ」

「あぁ、それなら一応。死体に、壊れた机、それに……」

部屋の角にはむっつりと黙ったシズクがいて、さらにずらせば一つだけしかない出入り口が。

本来は扉があったのだろうが――壊れてただの出入り口になったもの。

「壊された扉。窓の方は？」

「事件当時、鍵が掛かっていたのが確認されている」

「なるほど。あるのは鼠くらいしか通れなそうな通気口くらい、か」

つまりと、ノーマンは頷いた。

「密室殺人、というわけですね。それも明らかに不自然な死体。当然犯人は見つかっていないし、犯行の手口も不明」

「だから呼んだ」

「でしょうね」

むっつりとした表情でハリソンは頷く。

頼るのは不本意だが、ほかにどうしようもないと言わんばかりに。

別に彼が無能というわけでもないし、警察の権力構造や法律を無視して民間人に殺人事件の資料を渡し、勝手に調査をさせているわけでもない。

これがノーマンと、それにシズクの仕事なのだ。

普通に考えて起こりえない事件。

条理に反した犯行手口。道理にそぐわない被害や死体。

魔法や奇跡でもないかぎりできないようなこと。

人間にはできないはずなのに——起きてしまった事件。

「こういうのはお前たちの仕事だろう、『探偵』」

「その呼び方、あんまりしっくりこないんですよね。『カルテシウス』の調査員は現場じゃそう呼ばれてますけど」

「公にはされてない組織だろう。俺のような仲介役でない警察からしたら勝手に現場に乗りこんで好き勝手する輩だ。そう言った方が早い」

「うーん否定できないですね」

「なら仕事をしろ。俺は屋敷の関係者と話してくる。お前たちが何者か怪しんでいるからな」

「だったら名探偵とでも言っておいてください」

「笑えないな」

肩を竦めながら慣れた様子でハリソンは部屋を出ていった。

「……渾身の冗談だったんだけどな」

「渾身の冗談が面白くないという現実を受け止めてくださいノーマン君」

やっと口を開いたと思えば辛辣な意見のシズクだった。

彼女はハリソンが去って行った出入り口を見て呟いた。

「相変わらずやる気がない人ですね。ノーマン君ほどではないですけれど」

「やる気がないんじゃないよ。出しどころが解ってるんだ。俺たちを呼んだってことはあの人の仕事は警察や関係者への説明やなわばりの調整だからね」

「はぁ」

どうでもいいと言わんばかりの曖昧な相槌だった。

基本的に世の中に興味がない少女なのだ。

「始めましょうか」

「うん、よろしく」

シズクは右の手袋の先を咥え、手を下ろす。

手袋を咥えたまま、左の手袋も外してから彼女がノーマンへと手を差し出して。

そっとノーマンはシズクの手を優しく握った。

細く、柔らかい、握れば砕けないか心配になるような小さな手。

そのまま真っ二つに割れた執務机の下に行き、空いている手で触れる。

深呼吸し、そして彼女は小さく呟いた。

「――――《残響涙花・幻視》」

その瞬間、ノーマンとシズクの世界は切り替わった。

●

ノーマンとシズクは音を聞いていた。
何かが何かに反響し、その音が映像を作りだす。
執務室。鍵を掛けられ閉まっている扉と窓。
机は壊れていない。
机の正面に寄り掛かった寝間着姿のメアリー・ウォールウッド。
怯(おび)えている。
体が震え、表情はこわばっている。
目に映るのは恐怖、疑問、驚愕(きょうがく)――拒絶。
彼女が何かを叫んだ。
次の瞬間、メアリーがぶっ潰れた。
しっかりした執務机ごと彼女の胸が潰れ、机は真っ二つに。
冗談みたいな光景。
人間にできるはずがない。
できるとしたら、それはバケモノだ。

「っ――」

ひきつけを起こすように、シズクが息を呑む音と共に世界が切り替わる。

「ふぅっ……ふぅっ……」

少しの間、頭を押さえ落ち着くのを待った。

ふらつく彼女の肩を抱き、支える。

この世界には魔法も奇跡もない。

あるのは現実と条理とただの人間と《アンロウ》と呼ばれる『何か』だけ。

潜み、変わり、外れ、歪んだモノ。

人にできないことをする、人によく似たバケモノ。

シズクの場合は《残響涙花》と呼んでいる。

《幻視》とはその能力の応用としたもの。

触れたものの何か思念のようなものを読み取り、それをヴィジョンとして見る力。

残留思念を見ているのかと思ったけれど話を聞く限りどうも違う。

極めて稀に、本人の意思とは関係なく発動するのだが、彼女の《幻視》は時に未来のヴィジョンを見ることもあるからだ。

ゆえに彼女が見ているのはただの残留思念ではない。

任意でヴィジョンを読み取ることもあれば、偶然触れたものにヴィジョンを見ることもある。

彼女が露出を抑えているのはそのため。

特にふと触れたものにヴィジョンを見ないために手袋は必須だし、他人と距離を置いたり会話をしないのも余計なモノを見ないようにする、言うなれば彼女なりの処世術だ。

触れれば見えるヴィジョン。過去か未来の残響(エコー)。

この世の法則から外れた『何か』。

だからそれは《アンロウ》と呼ばれている。

彼女のヴィジョンは触れさえすれば他人と共有もできる。

《残響涙花(エコーハウリング)》のシズク・ティアードロップ。

彼女のような《アンロウ》と、人間には不可能な事件や事故を調査するのがノーマンの仕事である。自分以外の誰かと彼女がヴィジョンを一緒に見ているところを見たことはないが。

「落ち着いた？　シズク」

「ええ、まぁ。それにしても……」

銀髪を揺らしながら彼女は息を吐く。

彼女はこの異能により、不可解な殺人事件に駆り出されることが多い。

ヴィジョンを見てしまえば、犯人が一発で分かるからだ。

不可能な殺人事件が、ヴィジョンを見たら、犯人が凄(すご)く頑張っただけということもあった。

だが、今回は。

「犯人、見えませんでしたね」

「だね」

そう、ヴィジョンでは犯人は見えなかった。

そして《幻視(ヴィジョン)》では《アンロウ》は捉えられない。

「と、いうことは問題はどんな《アンロウ》かってことだね」

掛けた言葉にシズクはすぐに答えなかった。

ポケットから包み紙を取り出す。

革手袋で丁寧に剝(む)かれたのはチョコレート菓子だった。

事件に対する興味の無さを全開で。

「それを考えるのは貴方(あなた)の仕事ですよ」

「………そこは名探偵でいてほしいんだけどな」

問題は。

この全くやる気のない名探偵をどうするか、ということだ。

彼女がその気にさえなってくれれば――この事件は簡単に解決できるのだから。

●

シズク・ティアードロップが名探偵なのかその助手なのかは一度置いておいて。

実際のところ聞き込みに関しては彼の仕事なのだからやらなければならない。

相手が《アンロウ》なのは解ったが、それだけだ。

それでも《アンロウ》の処理を任されている以上、犯人を見つけなければならない。

「容疑者……というより殺害予想時刻に館にいたのは五人だ」

殺害現場から移動して、屋敷の中の応接室。

先ほどの執務室と同じくらいの広さに、向かい合うソファと間に背の低いテーブルが。

ノーマンとハリソンが対面で腰かけ、シズクはノーマンの隣に、やはり少しだけ距離を置いて膝を抱えていた。

「五人」

「そうだ、使用人とたまたま宿泊していたのが一人」

「この屋敷、結構大きいですけど多いのか少ないのか。外部に容疑者はいるんですか？」

「いるし、現在調査中だ。ただ、この家はわりと防犯がしっかりしていたな。日没には原則的に門は勿論、館の全ての鍵は施錠されていた」

「へぇ。意識高いですね」

「亡くなった旦那が強盗に殺され、メアリー氏がこの館の主になってからはそうしているようだ。使用人も信頼のおける者以外は解雇したようだ」

「なるほど」

「……」

隣のシズクがフードの奥で唇を曲げた気配がした。

防犯はしていても、結局殺されちゃいましたね、とかそんなことを考えているのだろう。ノーマンもちょっと思ったが、そんなこと言ったらハリソンに怒られる。

「事件当時屋敷にいたのは五人」

疲労気味の刑事が繰り返す。

『執事』、『執事見習い』、『下男』、『侍女』、『医師』の五人。

死亡時刻である二十三時前後のアリバイは全員無し。

「………無いんですか」

「『侍女』、『医師』はそれぞれの部屋で就寝ないしその準備。『執事』は自分の私室で明日の準備、『執事見習い』は地下のボイラー室で掃除、『下男』は図書室で本の整理をしていた。だが、それぞれの部屋の距離はある程度離れていて、それぞれを見ていないらしい」

「はぁ。どうやって発見したんですか？」

「音だ」

「はい？　……あぁ、いや、確かにそうですね。そりゃそうだ」

「真っ先に駆け付けたのは『執事』、少し遅れて『下男』。そこから他の連中も集まった」

「それで部屋に行ったら鍵が掛かっていて、声をかけても反応はない。こじ開けたらメアリー氏が死んでいた、わけですね」

「そうだ」

「びっくりですね」

「……」

もっとちゃんと考えてください、なんて声が聞こえたような気がした。

視線を向けたら、ぷいっと逸らされた。

「……あぁ？　なんで俺の顔を見るんだよ」

例えばこの過労気味の刑事が同じことをしても、申し訳ないがおぞましいだけだろう。

いや、良い人なのだろうけど。

「えーと、それじゃあ刑事さん。容疑者……でもないか、容疑者候補と話せますか？」

「あぁ、話は通してある」

「いつもお世話になります」

「仕事だ」

不満そうなため息交じりにそう呟いて彼は応接室を出ていった。

ノーマンはハリソンのそういう所を気に入っていたし、信用していた。

こんなよく分らないものに情熱を傾ける人間なんて、それこそどうかしている。

「はぁ、やっとですか」

そして、ハリソンがいなくなった途端に口を開くのがシズクである。

「ノーマン君」

「何かな」

「お腹が空きました。ダウニー通りのシャワルマが食べたいです」

「話を聞いたら食べに行こうか」

ノーマンの返答に、シズクは気だるげに肩を竦めた。

「事情聴取、そんなに大事ですか？」

「勿論、重要さ」

仕事なのだから。

個人的には、どうでもいいけれど。

「仕事は嫌いですけど、気軽にお店に入れる利点は認めざるを得ないですね」

焼いた肉と野菜を薄いパン生地でロール状に巻いた異国風のサンドイッチ――シャワルマ、そのロール版を箸で摘まむシズクは上機嫌に呟いた。

「『カルテシウス』は生活の担保はしてくれますけど、外出制限はありますし」

「…………いや、外出制限はあるけど、禁止じゃないからね？」

「もう、ノーマン君。私に何を言わせたいんですか？」

「言ってほしいのは君でしょ」

肩を竦めながら、ノーマンはシズクとは違う形のシャワルマを口にする。

半月状の生地に肉や野菜を挟んだもので、手に取って食べられるファーストフード。スパイシーなソースが食欲を誘い、ノーマンのお気に入りだ。

ウォールウッド邸から徒歩で一時間ほどの場所、ダウニー通りの食堂。

そこにノーマンとシズクは訪れていた。

遅めの昼食だ。二人とも殺人現場の後で食欲が減るような精神はしていなかった。

「へぇ、私が何を言ってほしいと？」

本来紙で包んで、手で食べられるロールシャワルマを箸で、小さな口で少しずつ食べるシズクは揶揄うように問いかける。

「君、俺とじゃないと外に出かけないじゃん」

「うーん、いまいちですね」

「これは失敬」

「仕方ないですねぇ」

くすりと、彼女が笑う。

店にはカウンター席がいくつかとテーブル席が四つあるが、二人がいるのは一番奥。店の外は見えず、カウンターからも死角になっている半個室のような席。

人目がなければ、シズクの表情は随分と変わる。

「ま、実際のところ外出する用なんて食料と生活用品くらいなので問題ないですし」

「本当にそう思ってる？」

「えぇ。これ以上は、私はあんまり望んでませんよ」

食事時でも革手袋を外さない彼女は何気なく言う。

凡そこの街ではシズク以外に異国の食器具を使う物好きは見たこと無いが、彼女はそれを必要としている。手袋は外せず、それで食事をするのは衛生的に問題があり、だから箸。

料理によっては勿論、ナイフやフォーク、スプーンも使う。

付け合わせのチップスでさえ、指は使わない。

「………食べる？」

「おや。ふふっ、ご機嫌取りですか？」

自分の分のチップスを指で摘まんで差し出したらシズクは喜んで口にした。

小さい口が少しずつチップスを齧っていくのを見つつ、

「……事件の話だけど。聞いた限りじゃ容疑者の五人とも、メアリー氏との関係は悪くない。むしろ良いものだったわけだ。普通に考えれば、殺す理由はない」

「普通ってなんですか？」

「さぁね」

少なくとも、犯人は普通ではない。それから程遠いものだ。普通では、常識ではないもの。それが《アンロウ》というものだから。

「ぺろっ」

「俺の指まで舐めてるけど、それも美味しい？」

「ポテトって、ポテト自体よりもついてる塩が美味しい説ありません？」

「分からなくもないなぁ」

「玉虫色の発言ですねぇ」

「チップスは黄金色だけどね」

「いまいちです」

「手厳しい」

「でも事件には温いと困りますよね。私ではなくノーマン君が」

「まぁそうだね。事件はどうでもいいけど、仕事はしないと。名探偵さんはどう思う？」

「そうですねぇ」

輪切りのロールシャワルマを口に運んだ彼女は少し考え、飲み込んで、

「中々セクシーな寝巻で亡くなってましたね、あの人」

「そこ？」

「えぇ。あぁいうの、どうですか？」

言われたことを考える。真剣に。

「…………悪くないとは思うけど、君にはちょっと違うんじゃない？」

「胸にコンプレックスがあると思って言葉を選んでるなら心外です」

「君は君らしい服を着てくれてると、俺は嬉しいよ」

「んふっ。……今のは良いですね」

「やる気出た？」

「んー、もうちょっと欲しいですねぇ」

彼女は肩を竦めてから、革手袋の人差し指を立てた。

「強いて言えば私が気になるのは、犯人をあの寝巻で迎え入れる関係だったってことですね」

「あー……なるほど？」

ノーマンは首を傾げてから、容疑者五人の立場を思い浮かべ、

「……いや、でも五人中四人が使用人なんだから、部屋着見せることくらいあるでしょ。もう一人は医者だし、そこはそんな不自然じゃない気がする」

「女心をもうちょっと考えてくださいよ」

苦笑しながら、シズクは残ったポテトを口に運ぶ。

「大事ですよ。特別な相手にしか見せない姿ってのは」

「そうかな？」

「えぇ。少なくとも私はそうです」

興味深い話だ。何に対してのそう、なのだろう。

推理の着眼点としてか。あるいは、特別な相手にだけ見せる姿がある、という方か。

いつもフードを被り、こうして食事の間でも手袋をして、露出を許さないシズクならば特に。

「密室に関しては……まぁどうでもいいですね」

「ま、そこはね。密室自体は俺たちの仕事じゃない」

では誰かと言うと、概ねハリソン刑事の仕事である。

不可解な《アンロウ》の事件が起きて騒ぎになるたびに、それを隠蔽するのが彼の仕事だ。

推理小説というのなら、よっぽど彼の方が向いているかもしれない。

「だからといっても、犯人の処理は俺たちの仕事だ」

「真面目ですねぇ」

彼女にも真面目になってほしいところだ。

「…………そういえば君の曲、そろそろ完成するんじゃない？」

チップスを箸で摘まもうとしていた彼女の動きが、一瞬だけ止まる。

「……珍しいですね、ノーマン君からそれに触れるの」

「君が独学で作曲を始めてそれなりに経ったしね。俺は専門外だから横で見てるだけだったけれど。まぁそれでも、なんとなくもうできる感じかなってのは最近思ってたんだよね」

それがシズクにとって意味のあるものだと、ノーマンは知っている。

「ただ、やっぱり君の曲が完成するなら、一番に聞かせてほしいな」

「――――仕方ないですねぇ」

そしてシズクはその黄色い瞳で真っすぐにノーマンを見た。

その色には、それまでになかった光がある。

暗い黄の色。

「それじゃあ、早く終わらせてイチャイチャしましょうか」

重々しい言葉にも聞こえたけれど、チップス一本分くらいの重さしかなかった。

その夜、犯人が屋敷に残っていたのは警察にそう言われたからだ。

今回の現場に居合わせた五人のうち四人はそもそも住み込みであるし、一人は部外者ながら警察に言われてしまえば拒否はできなかった。

メアリー・ウォールウッドが亡くなって、或いは殺されてから数日間、実際五人とも屋敷から出られていなかったのだし。

人が死んだ屋敷で——なんて。そんなことも言えない。

言うなれば喪に服していたのだ。

五人ともメアリー・ウォールウッドを慕っていたのだから。

犯人が夜半、玄関広間に足を踏み入れたのは誰に言われたわけでもなかった。

嫌な感じがしたのだ。

耳の奥で。

ぞわぞわと、かきむしるような。

言葉にできない不安と不快。

まるで誰かに名前を呼ばれているような。

殺した女に呼ばれているような――そんな声。

気づいたらいてもたってもいられなくて、呼ばれた声に従ってメアリーの私室まで来ていた。

「……あぁ、来ましたか」

部屋の中央に、フードを被った少女はいた。

両手には手袋も嵌めた露出を徹底的に認めない姿に、肩に担いだバイオリンケース。

フードから零れる色素の抜けた銀髪は目を引く。

半分閉じた暗い黄の瞳。世の中の全てに興味ない、そんな目。

窓から差し込む月明かりしかない暗い部屋に立つ彼女はまるで花のようだ。

暗い洞窟の奥で、ひっそりと佇む蕾みたいに。

そんな彼女は真っ二つに割れた机の真ん中に突っ立っている。

今日の昼過ぎに突然現れて、犯人を含めた五人に事情聴取をした謎の二人組の片割れだ。

事情聴取、というのも変な話だった。

普通それが行われる場合、相手が犯行時間のアリバイや被害者との関係とかを聞くものだ。

だが彼ら――というか、もう一人の少年だけがメアリーとの関係やそれまでどういう人生を歩んできたかばかりを聞いていた。

アリバイとかはどうでもいい、という態度が印象的であり、いい加減でさえあった。

あの時少女は、少年の隣でずっと黙っていた。

「――――」

こいつだ。

耳の奥に聞こえる嫌な音。

本能か、勘か、或いは別の何かがそう直感させる。

この少女に呼ばれて、自分はここまで来てしまった。

彼女はつまらなそうな視線を向ける。

「――――ひっ」

それだけの視線がたまらなく恐ろしかった。

なぜかは、分からない。

ただの少女にしか見えないし、最初に見かけた時もそうだった。

なのに、今は違う。

少女から放たれている何かが、自分の何かを刺激している。

喉が引きつり、体が震え、無意識のうちに一歩引きさがって、

「おっと、逃げちゃだめだよ」

「!!」

いつの間にか、背後に少年がいた。

首の後ろで結ばれた灰色の髪と厚手のコート、黒いフェルトハットが妙に似合う少年。

顔立ちは整っているが垂れ目とぼんやりとした表情と雰囲気で美男子という印象はない。

同年代よりも年上の婦人に愛されそうな、大した爪や牙もない小動物のような男だった。

音も気配もなく現れた彼は、軽い足取りで自分を追い越し、少女に並ぶ。

そして。

片手で帽子を押さえながら、人差し指で少年が犯人を指し示して言う。

「――――君が犯人だ」

●

ビクンと、『執事見習い』――アルフレッド・カーティスの表情が歪(ゆが)む。

目が見開かれ、薄い金髪が揺れ、顔が真っ青に。

「どう、して……!?」

漏れた声は喘(あえ)ぐように。

「……」

そんなアルフレッドを見て、ノーマンはなぜかきょとんとした顔をした。

シズクは肩を竦(すく)め、息を吐いて口を開いた。

「一人目で当たりでしたね、ノーマン君」

事情聴取の時彼女はずっと口を開かず、ノーマンの隣にいただけだった。

気だるげな、どうでも良さそうな澄んだ声。

「うん。いや、手間が省けてよかったね。正直、さっきのノリで犯人は容疑者候補の中にいませんでしたとかだったらどうしようかと思っていた」

「結果オーライですよ。何さんでしたっけ、この人」

「アルフレッド・カーティス」

「そうそう」

「何を……何を言っているんだ、君たちは⁉」

上がった叫びは悲鳴だった。緊張感のない二人の会話。

これじゃあ、まるで。

「か……カマをかけたのか⁉　俺が、犯人だと解っていないのに！」

「犯人が誰かなんてどうでもいいんだよ、アルフレッド君」

ピシャリと彼は言う。

「な……何を……探偵なんだろう⁉　君たちは！」

「探偵じゃない。そう呼ばれることもあるけど。いや、どうでもいいは言い過ぎかな。ただ、優先度が低いんだ」

「なら、何が――」

「貴方(あなた)がどんなバケモノなのか、ですよ」

「――」

亀裂が、入った。

アルフレッドという青年の表情に。

犯人であると言われ、過剰な反応をしてしまったのとは違う。

真っ青を通り越して真っ白に。

それまで彼にあったのは焦燥と疑問。

今の彼には――はっきりとした恐怖が。

「君のようなバケモノを《アンロウ》と呼んでいる。心当たりがあるだろう?」

アンノウン？　違う、アンロウだ。

「このバルディウムには《アンロウ》がやたら多くてね。俺らはその《アンロウ》専門の探偵……というわけでもないね。俺は《アンロウ》じゃないし」

「――同じ穴の貉(むじな)ですよ」

シズク・ティアードロップは笑う。

暗闇でずっと蕾(つぼみ)のまま、光を浴びることを拒否する咲かない花のような少女。

けれど今、彼女は言葉を紡(つむ)ぎ、笑っている。

暗い穴の中で、同じ貉(むじな)にだけ笑いかける。

「……あん、たも」

瞬間、アルフレッドは奇妙な表情をした。

動揺は消えていない、驚いたまま、顔色だって悪い。

ただ確かに彼の顔には——喜びが浮かんでいた。

同じ穴の貉。

同じ——バケモノ。

「聞かせてほしいな、アルフレッド君。どうして君はメアリーさんを殺したのかな」

「それは……それは……っ」

喜びが消え、顔が歪む。

記憶が蘇っていく。

メアリー・ウォールウッドに言われた言葉を。

「あの、人は……あの人が言ってくれたんだ！」

叫びとなって溢れ出す。

「メアリー様の方から言ってくれたんだ！　隠していることがあるんだろうって！　私はそれを受け入れるからって！　だから……だから俺は！」

「自分の異能を、彼女に見せた」

「そうだ！　そうしたら……そうしたら……！」

「否定されて——殺した」

「ううううう……！」

頭を両手で押さえて上がる唸り声。

そんなはずじゃなかった。

「それで？　君は何ができるんだい？」

「……ぇ？」

「君には君の異能があるんだろう。俺たちはそれを知りたいんだ」

「——」

「教えてよ、アルフレッド君。俺はメアリーさんとは違う。《アンロウ》を知っているし、知り合いにもいる。隣のシズクもそうだ。君が普通じゃないからって否定したりしないからさ」

「————」

彼の表情は、笑っているような、泣いているような。

断崖絶壁にしがみついて、もうダメだと思った時に手を差し伸べられて救われた時みたいな。

「……はぁ」

ぼんやりとした笑みを浮かべるノーマンの隣でシズクが息を吐いたことにアルフレッドは気づかなかった。

「お……俺は……体の大きさを変えられるんだ」

「へぇ」

ノーマンが頷く。

「それは……どのくらいで？」

「鼠みたいなサイズにしたり……腕だけなら三倍くらいにできる」

「あぁ、なるほど。密室ができたのはそういうことか。通気口から出たんだね。メアリー氏を殺したのは大きくした腕で」

「そう、だ」

「ふむ。腕だけとはいえ大きくしたら服びりびりにならない？」

「……………しゃ、シャツだけ脱いでたんだ。あの時は話が終わったら、そのまま……その……」

「はぁん、致す前に大事な話をしてたってわけだ。ベッドもないのに御盛んなことだ」

簡単な種明かしだ。

扉や窓には鍵が掛かっていた。通気口はあったけれど通れるサイズではなかった。

だが普通は通れない通気口も、体を小さくできるのなられっきとした出入り口になる。

普通だったら。

けれどアルフレッド・カーティスは普通ではない。

バケモノだ。

あの部屋は普通の人間にとっては密室だったけれど、バケモノにとっては密室ではなかった。

彼の能力さえ解れば、謎なんかじゃないし、推理するまでもない。

どうしたって推理小説未満の話。

「大きくなったり、小さくなったり――か」

「そうだ……そうだよ！　俺はもうスラムの小さなガキじゃない。勉強したんだ、努力したんだ。大きくなった！　メアリー様だってそれを解ってくれていたはずなのに、なのに……受け入れてくれなくて――」

「もういいでしょう、ノーマン君」

やれやれと、シズクは失笑気味に遮った。

彼女は笑っていた。

同じ穴の貉に対して。

「典型的な《位階Ⅰ》の『変貌態』なんてあれこれ聞き出すまでもないですよ」

「んー、もうちょっと色々聞きたいんだけど。あとで報告書を書かないとだし」

「つまりはスラム育ちで搾取される側だった記憶がコンプレックスで、勉強に勤しんだけれど、幼い頃のコンプレックスはトラウマになって根底では自分をスラムの子供のままだと思っているから小さくなる異能に目覚めて、外見を取り繕って大きく見せたいから腕だけ中途半端に大きくなる――そんなところでは？」

「——」

「おや、驚いた。いつから人の気持ちが分かるようになったんだい？」

「知りませんよ、人の気持ちなんて」

少女の——少女の形をしたバケモノ。

「でも、バケモノの気持ちは解りますよ。《位階Ｉ》は分かりやすいですから」

「…………カテ……１……？」

「《位階Ｉ》。君みたいな《アンロウ》のなり立ての段階をそう呼んでいるんだ。異能が確立していないし、精神的にも不安定。まぁ、こういう突発的な事件を起こしやすいんだよね。まともな判断ができなくなるし。異能のタイプの話は……まぁ今はいいか」

まともな判断、と言われてもアルフレッドは解らなかった。

やり方はあったはずなのだ。

事件が起きて数日経っているのだから逃げればよかった。体のサイズを変える異能があれば警察の手を振り切るのは簡単なはずだ。外部に逃げられて潜伏されればノーマンとシズクにはどうしようもなかった。

或いは捜査を混乱させるために現場を荒らしたり、屋敷の外で何か似たような事件を起こして混乱させることもできたはずだ。

普通ならばできないことをやれるのだから。

考えれば、できることがあった。

例えば――本当に悔やんでいるのなら自首すればよかった。

異能に関してまともに取り扱ってくれるかは置いておいて、その選択肢もあったはずだ。

けれど、アルフレッドは何もしなかった。

思考を止めて、それだけ。

殺してしまったという罪悪感と自分の正体がバレるという恐怖におびえていただけだった。

そして今、彼が思ったことは一つだ。

「――た、助けてくれ」

「うん？」

「助けてください！　お、俺はどうすればいい！　メアリー様を殺してしまった！　ここにはいられない！　あ、アンタはその《アンロウ》を受け入れてくれるんだろう!?　そっちの彼女みたいに、俺も、何かできることが――」

「あるわけないだろう」

「――え？」

ノーマンの目は冷たかった。

ぼんやりした小動物染みた雰囲気は消えていた。

あるのは此岸から彼岸を眺めるような遠い視線。

「な、なんで⁉　アンタは《アンロウ》でも受け入れて――」

「受け入れるわけないでしょ。自分を受け入れてくれないから人を殺すやつなんて。君を受け入れてその後は？　些細な否定から殺されたらたまったもんじゃない。仮に俺が受け入れたとしても、別の誰かを同じような理由で殺しかねない。自業自得だ」

「な、なんだよ……きゅ、急に普通のことを――」

「君がみんなと変わってしまっても」

一瞬彼の視線が隣のシズクに向けられる。

拳一個分――ほんの少し体を揺らせば届くような距離。

シズクが体を揺らした。

「――くすっ」

いや、もたれかかったのだ。

寄り添うように。支え合うように。依存するように。

笑みの意味を、彼は理解できなかった。

「人から変わってしまっても――俺たちが生きるのはみんなの社会だ。《アンロウ》だけの街はない。この城壁が囲んでいるのは《アンロウ》だけじゃないんだ」

《アンロウ》はみんなとは違うけれど。

城壁都市バルディウムには多くのバケモノが隠れているけれど。

それでもみんなと共に生きている。

潜んだり、変わったり、外れたり、歪んだりしながら。

法則に背いていても――法律や倫理には従わないといけない。

当たり前のこと。

「そんな当たり前が分からないのなら――君は、ただのバケモノだ」

正論をぶつけているようで、ノーマンの物言いには説教臭さというものはなかった。

そういうものだ、ではなく、そうあるべきだと自分に言い聞かせるかのような言い方。

そうでなくてはならない――という感じ。

「俺はバケモノを助ける気はないよ。そして、君は身勝手な理由でメアリー氏を殺した。《アンロウ》であることは罪じゃなくても――人殺しは罪だよ。勉強したんだろう？」

「その勉強を教えてくれた人を殺したわけですけどね」

「そんな……そんなことを……今更……！」

そう、全ては今更だ。

アルフレッド・カーティスはメアリー・ウォールウッドを殺した。

自分を受け入れてくれなかったから。

自分の期待通りにならなかったから。

「ぅぅぅ……ぅぅうううう……！」

頭を掻きむしり震え唸る。

けれどノーマンとシズクはその様子から別の音を聴いた。

ぎちり、ぎちり。

糸を思いっきり、限界まで引き絞る音。


「シズク」

「――ええ」

名前を呼ばれた時、彼女は笑っていた。

アルフレッドは顔が限界まで歪んでいたけれど、シズクは満面の笑みすら浮かんでいる。

ノーマンがシズクの手を取り、タンッ、と軽い動きで彼女は一歩前に出た。

一瞬、肩のバイオリンケースへ視線を向けたが、すぐに外す。

それらの動きでフードが外れ、白い髪が零れ落ちる。

細くしなやかな、月明かりに照らされ輝く白銀。

フードに押し込められていた髪は腰まで届くほどの長さだった。

瞬間。

「うわあああああああ!!」

糸が切れた。

理性の糸。本能の糸。我慢の糸。或いはそれら全部まとめたものがぷつりと。

アルフレッド・カーティスの右腕が巨大化する。

拳だけでも人の胸を十分に潰せるほど。服を引き裂いて三倍ほどになった不釣り合いな巨腕。

「――あはっ」

それを見て、やはりシズクは笑っていた。

ずっと、彼女は笑っている。

その意味を、アルフレッドは理解できなかった。

巨腕を振り被ったバケモノにシズクは右手を翳した。

「……っ！」

アルフレッドは、反射的に両手で耳を塞いだ。

右の耳は巨大化した指の腹で押さえているのがどこか小賢しい。

この部屋に呼び出されたことから、シズクの異能が音によるものだと判断したからだ。

「――はっ」

だけど、シズクは構わない。

左手はノーマンと繋いだまま、バイオリンの絃を弾くような優雅な動きで指を鳴らす。

ぱちん。

「――《残響涙花》」

そして――アルフレッド・カーティスはヴィジョンを見た。

●

――ヴィジョンを見ている。

机の正面に寄り掛かった寝間着姿のメアリー・ウォールウッド。

自分を見て怯えている。自分のせいで体が震え、表情はこわばっている。自分を見てその目に映るのは恐怖、疑問、驚愕。そして拒絶。自分に対して彼女が何かを叫んだ。

『――バケモノ！』

お前は違うと。

自分は次の瞬間、メアリーをぶっ潰した。しっかりした執務机ごと彼女の胸が潰れ、机は真っ二つに。表情は恐怖と絶望に染まったまま、彼女は死んだ。あっけなく、かつてスラムで何度も見たような当たり前の死。それに抗って生きていたのに、自分がそれを引き起こした。

ぐるりと、世界が反転する。

『――バケモノ！』

彼女が叫ぶ。拒絶を。確執を。お前は違う。だから一緒にはいられない。

『バケモノ！』

彼女は叫ぶ。来ないでと。近づかないでと。関わらないでと。

誰よりも――特別だった女の残響たちが共鳴する。

拒絶され、自らの手で殺した瞬間が何度も何度も繰り返され続けるのだ。

「――あ――ああ――ああああ――」

アルフレッド・カーティスの何かに亀裂が入った。

ぐるりと世界がひっくり返るたびに、その亀裂は大きくなり、軋み、震え、壊れていく。

それは――心だ。

――**《残響涙花》は心を震わせる。**

思い出したくない過去、想像したくない未来。

そういう人それぞれの心の奥底に押し込めているむき出しの神経のような場所に触れ、痛みの記憶を繰り返し増幅させるのだ。そして触れずに発動すれば異能は彼女の制御から外れて無作為にハウリングしつづける。常人ならばトラウマを強制想起させられ、パニック障害による呼吸困難や心臓麻痺を引き起こす。

両親は、そのせいで死ぬ手前だった。

隣人も死にかけた。

よく知らない近所の人も心の傷を開いてしまった。

《アンロウ》となっても、シズク自身は何も変わらないのに。

みんなの中にいるだけで、周りを傷つける。

「あ……あぁー……めあ、りぃ……さ、ま……」

「おや……案外しぶとい。或(ある)いは恥知らずとでもいうべきですかね」

《残響涙花・幻視(エコーハウリング・ヴィジョン)》は触れたものの過去か未来のヴィジョンを見る異能である。

この場合ある程度任意でヴィジョンを見ることができるが、それでもふとした瞬間に意図しないヴィジョンを見てしまうので露出を減らさずにはいられない。

ノーマンと一緒に調整して、弱体化して、そしてやっとこれなのだ。

《残響涙花(エコーハウリング)》はもっと性質(たち)が悪い。

トラウマのリフレイン。

接触せずに使ったことにより無限に等しいハウリングを繰り返す——今の彼女はそのハウリングに指向性を持たせ相手を選べるようになった——わけだが、無限に等しいということは決して無限ではない。

記憶はいつか摩耗する。

残響の共鳴にも終わりが来る。

果てにアルフレッドは廃人一歩手前となっていたが、辛(かろ)うじてという感じながらも自分の足で立っていた。

「スラム根性ってやつかな。どうする？　あともう一押しで壊れそうだけど」

「ですねぇ」

ゾンビみたいにその場に立ち尽くすアルフレッドを見てシズクは微かに眉を上げた。

一瞬考え、

「――ノーマン君？」

「うん？　どうし――」

繋いでいた手を引き寄せ――半ば無理やり唇を重ねていた。

「んんっ……!?　ちょ――」

「えれろ」

流石に彼も驚いたが、構わずに舌を差し込みその口内を蹂躙する。

「――ぁ？」

突然始まったキスシーンに壊れかけのアルフレッドは意味が分からず混乱する。

何もかも解らず、けれど驚いたことは二つだ。

一つはノーマンが彼女のキスを受け入れたこと。

喜んで受け入れたというよりも仕方ないな、という感じだった。

子供の我がままを苦笑と共に受け入れる大人のように、シズクの奇行を否定することなく受

け止めていた。ズレて落ちかけた帽子を直す余裕すらあり、そっと彼女の腰を支える。

もう一つ。

それはキスを交わしながら、シズクが横目でアルフレッドを見つつ笑ったのだ。

頬を紅潮させ、頬の歪(ゆが)みを吊(つ)り上(あ)げて。暗い黄の瞳がアルフレッドを貫いた。

ぴしりと、アルフレッドに亀裂が入る。

そのことにシズクは気づき、さらに笑みが歪(ゆが)む。

「――――」

つまりは当てつけだ。

お前と私は似ているバケモノだけど。

お前は受け入れられなかった。

お前は拒絶された。

私には受け入れてくれる人がいる。

私には拒絶しない人がいる。

でも――私とお前は違う。

似ているけれど、違う。

お前は愛されないけれど、私は違う。

ただ、それだけを見せつけるためだけのキス。

ずっと浮かべていた笑みも同じものだ。

自分は相手よりマシだという優越感。

別にキスしたかっただけかと言われれば否定する気もないけれど。

「――――」

アルフレッドの心にそれは響く。

ぽとりと零(こぼ)れる落涙(ティアードロップ)の雫。

ぴしりと亀裂が入り、ぱりんと心が割れる。

「……どう、して」

割れた心が砕けて散る瞬間、零(こぼ)れたのは疑問だった。

シズクとアルフレッドは違うけれど、何が違ったのだろう?

「――あはっ」

唇を離し、額を突き合わせたままにシズクは笑う。

ノーマンと自分の間に細い透明の橋が架かっている事実に軽く興奮しつつ言い放った。

「簡単(Elementary)なことですよ、同類(Freaks)」

横目で、ぞんざいに、いい加減に、ついでのように。

けれどももったいぶって。

《残響涙花(エコーハウリング)》のシズク・ティアードロップは告げた。

「私が知るわけないでしょ」

「────」

そしてアルフレッド・カーティスの心は壊れ、意識は途絶えた。

後に残るのは寒々しい、白けた空気だけ。

「簡単なことって……いや、読んでるじゃん例の小説。そのセリフから繋がる言葉じゃないでしょ最後の」

「私は意外性に満ちた女なので」

肩を竦めながら口端をそっと歪めたシズクにノーマンはため息を吐いた。

「がっかりだよ」

別に、本当にがっかりしたわけじゃないけれど。

●

「メアリーさん、妊娠してたんだって」

ウォールウッド家密室殺人事件を解決した次の日、ノーマンはシズクの家にいた。

あまり広くはないアパートの一室。寝室兼リビング兼簡易キッチンの一部屋とトイレ兼用のシャワールームがあるだけ。キッチンはほとんど使われているようには見えないし、寝室には箪笥(たんす)とクローゼット、ベッドと机、それにシズクには少し大きいソファが一つ。けれどノーマンにはちょうどいいサイズのソファ。

それに腰かけ、そして膝の上にはシズクを乗せている。

普段とは違う服装だった。ノースリーブのブラウスとショートパンツ。当然手袋もしていない。長く美しい白い髪も解き放たれている。

ノーマンの膝の上に乗り、彼女は楽譜に書き込みをしていた。

背中を彼に預け、リラックスした彼女は顎を上げて、頭の上のノーマンの顔を見る。

「妊娠？」

「そう。お医者さんが屋敷(やしき)にいたでしょ？　そういうことみたいだったね」

「はぁ。それならお相手は」

「当然、アルフレッド君だった」

「それはそれは。陳腐な話ですね」

腕の中の少女の口端が歪んだ。

「ま、そういうことじゃない？」

密室の真相は簡単な話だったけれど、そこに至るまでも簡単な話だった。

メアリー・ウォールウッドは妊娠していた。アルフレッド・カーティスとはそういう関係で、だから彼女も彼にそれを伝えた。結婚するから秘密は無しで、とかそんな感じだろう。

アルフレッドが最近様子がおかしいことに彼女が気づいていたのかどうかは分からないが、深い関係なら感じることがあったのかもしれない。

そして彼は自らの正体を晒して。彼女は彼を否定し、彼は彼女を殺した。

「ウォールウッド家のゴシップってわけだね」

「新聞社にタレコミしたら小遣い稼ぎできますかね」

「ダメだよ。多分いい感じに姉さんが処理するだろうし」

「残念」

言うほど残念でもなさそうにシズクは譜面に視線を落とす。

《アンロウ》絡みの事件は公にはされていない。

バルディウムの城壁の中には《アンロウ》が少なからず紛れているが、それでもその存在を知っている者は一握り。

都合が悪いのだろう、みんなの中にバケモノがいるなんて事実は。

誰にとって都合が悪いかは知らない。

『カルテシウス』か、この都市の上層部か、或(ある)いは国か。

表沙汰にできない組織のせいでノーマンは表向き無職である。エージェントとして『探偵』と警察に呼ばれるが、別に探偵というわけではない。給料はちゃんと貰(もら)っているので生活には困っていないが、それでも社会的にはっきりとした立場がないと生きにくい。

「今回の一件でよかったなと思うことは二つですね」

「へぇ？　何かあった？」

「一つは相手が《位階I(カテゴリー)》だったから弾代の節約になったことですね」

腕の中のシズクが箪笥(たんす)の上を見たので、ノーマンもそれを追った。

置かれている蓋の開いたバイオリンケースには分解状態の狙撃銃が入っている。

『カルテシウス』で作られた特別製の武器であり、《アンロウ》との戦闘ではそれを使う。

単純な武器としてというよりも、その大きな銃声に異能を乗せて叩(たた)きつける。

今回は必要なかったけれど。

「まぁ良かったんじゃない？　あれ、君用に反動とか調整されてるけど、体に負担があるのは変わりないしね」

「目的とか使った弾数とか報告書を書かないといけないですしねぇ」

「その報告書書くのいつも俺だけどね。もう一つは？」

「ノーマン君の下着趣味への理解度が高まりました」

「…………………」

「……よし。これで完成」

とんっ、と軽い動きでシズクが立ち上がった。

ベッドの上に置かれてあったバイオリンを手に取る。

「さぁ、ノーマン君。聞いてくれますか？」

「勿論。題名は？」

「そうですねぇ」

彼女は少し考えて、

「――――『特別』、とかどうでしょうか」

笑う。

いつもの歪んだ笑みではなく、少女らしい柔らかなほほ笑みと共に。

暗闇にしかいない花だとしても。

花は花だから。

咲くところを見てほしい人にだけ咲く我がままな花。

シズクは音楽を奏で始めた。

それは普段のシズクを知る者が見れば驚くだろう。

世の中の全てに興味がないような目で、皮肉気に口端だけをそっと持ち上げながら笑う少女。

そんな彼女が生み出すとは思えない音。

聞くものの心を癒すような、聴いているだけで心が落ち着くような。青空の下の草原で、暖かな陽だまりを浴びているかのような旋律。誰であろうと、どんな者であろうと包んでくれる、そんな音楽。光が差すはずのない暗闇に、しかし差し込む温もり。

それが、シズク・ティアードロップがノーマン・ヘイミッシュの心に聞いた音楽だ。

ノーマンはシズクというバケモノを受け入れてくれるけれど、シズクの方だってノーマンの心に触れ続けたいと思う。彼女の異能を怖がらず、壊れもせず、隣にあり続けてくれるから。

彼は初めて会った時から《残響涙花》をものともせず、ほほ笑みかけ、手を伸ばしてくれた。

それがどれほどの救いであったことか。

まぁ、彼女だけのものではないのがちょっと不満だけれど、それは言っても仕方ない。

わずかに目を伏せ、バイオリンを弾く手を止めず部屋を見回す。

小さい部屋。小さなシズクの世界。窓は完全に閉じられ、外界を拒絶している。

そんな世界の至る所に何百枚の楽譜が張り巡らされていた。

全て独学で書き起こした楽譜であり、それをノーマンに聞かせるのが彼女のライフワークだ。

それまでは一つ一つ独立したものであり、それらをまとめたのがこの『特別』の楽曲。

けれど、彼は知らないだろう。

今聞かせている音楽も、部屋中至る所に散らばっている楽譜も――全て、ノーマンから掛けられた言葉を彼女なりに音楽にしたものであることを。

別に彼女が絶対音感を持っていたり、言語を正確に音階化できるわけではない。心が震えたままに楽譜を記しているから、彼は知りようがない。

部屋中に散らばっている理由も簡単だ。

意図せず《残響涙花》が突然発動したとしても散らばっているのはノーマンとの思い出だから、見るのは彼に関するヴィジョンだけ。それだったらいくらでも見たい。

というか、彼女はノーマンとの仕事が無い日は引きこもってひたすらに彼のヴィジョンを見るか、そのヴィジョンから曲を作っているかのどちらか。

音楽の勉強をしないのも単純だ。題名はちょっと安直なのでそのあたりの勉強をした方がいいかもとは思う。だが学問とは多くの人々の積み重ねでシズクは誰かの研鑽なんて要らない。

欲しいのは、彼から貰った想いだけ。

彼女の異能では気軽に外出もできない。『カルテシウス』の仕事でノーマンが付き添ってくれなければ出歩きもできず。日用品や食料を自分で買い出しできるようになるのさえ、それなりに時間がかかったのだ。

暗い穴倉に閉じこもるのは、それ以外に選択肢がないから。

蕾を閉じたままなのは、見てほしい人が一人だけだから。

だから、この部屋で、彼の心に包まれながら、彼に、彼らから貰った心を奏でるのだ。

シズク・ティアードロップはバケモノだけれど。

ノーマン・ヘイミッシュはまるで人間のように扱ってくれる。

だから好き。だから愛している。

「――ふぅ、以上。どうでしたか？」

「うん。聞いているだけで、心が震えたよ」

その言葉に彼女は笑いながら、彼に体を寄せた。

揺れる髪の毛先が、彼女の心のときめきを表すように青く輝く。

そのまま、座るノーマンの唇へと、自らのそれを近づけて。

いつも世界の全てを見放し、皮肉気に笑っているばかりの彼女は。

ただ一人にだけ、陽だまりに咲き誇る花のような笑みに精一杯の愛しさを込めて笑うのだ。

「――えぇ、この音色が私を温めてくれるんです」

唇を重ねた瞬間――ヴィジョンを見た。

夜空の中。遠くに広がる街の明かり。

それらの光景には所々ノイズが走り、鮮明ではない映像。

すぐに理解する。

――これは未来のヴィジョンだ。

未来視は唐突に起こるものであり、さらに映像としての確度も低い。

いつ起きるのかも解らなければ、いつの未来なのかも分からないからシズクにとっては迷惑としか言いようがないものだ。

だが、それでも、見た。

真っ暗な闇へと落ちていく、ノーマン・ヘイミッシュの姿を。

それはまるで飲み込まれたら何もかも終わってしまう滝壺のようだった。

そして、見えたものがもう一つ。

ノーマンが落ちていく闇の底。

一人、彼を見上げて――何もできない、シズク・ティアードロップの姿だった。

インターバル　1

「なんというか、アレだね《涙花》。前々から思っていたことではあるが」

話が一区切りついたところで、ジムは顎に手を当てながら首を傾げた。

「アレは内向的なくせに妙に攻撃的じゃないか？　当てつけでキスとかするかね、普通」

「刺激的だよね、ドキドキしちゃうよ」

「君ねぇ。……大体なんだ最後のピロートーク、そこまで聞いてないんだけど」

「彼女の作った曲、本当に良かったからね。心ってやつが綺麗事じゃないって再確認できたよ」

にやにやと気味の悪い笑みを浮かべて頷くノーマンに、微妙にジムは引いていた。

「全く……彼女が死んだのは私も悲しいよ。センスがある人だったからね」

「…………面識があったの？」

「社交界では有名人だよ？　ファッションについて語り合ったものさ」

首を振りながらジムは手元の書類に目を通し、呆れ気味に口を開く。

「ただ犯人の情夫君。なんともまぁ杜撰だった。主人を殺しておいて逃げも隠れもせず、ずっと屋敷に残ったままとはね。もう少し上手くやれるだろうに」

「できなかった、と言うべきでしょ」

「確かに。《アンロウ》としては随分小粒――《位階(カテゴリー)Ⅰ》だね」

「別にその説明は要らないよ」

「そう言われたらしたくなってきたな」

今度はノーマンがジムに半目を向ける番だった。

その視線を彼は楽しみつつ、

「《アンロウ》には強度の差異がある。《アンロウ》として覚醒した後の位階(カテゴリー)が」

人差し指を立てる。

「私の専門分野を覚えているかねノーマン君」

「なんだっけ、《アンロウ》のタイプ？」

「位階(カテゴリー)だよ！　忘れないでくれたまえ」

文句を垂れつつ、機嫌はすぐに戻った。

「私としては《位階(カテゴリー)Ⅰ》は面白みがない。バケモノの成り掛けだしね。次に行こう」

書類が捲(めく)られる。

そこにはエルティールに加え、街のある路地、それにもう一種類の写真が何枚か。

死体だ。

道端に転がった、惨殺死体(ざんさつしたい)が五枚か。

「《位階（カテゴリー）Ⅱ》はもう少しおもしろい」

「見解の相違があるな」

「君と見解が揃（そろ）ったこと、ほとんどないがねぇ」

苦笑し、

「《位階（カテゴリー）Ⅱ》にもなれば、ある程度異能が安定する。《位階（カテゴリー）Ⅰ》との差異は、その異能に名前を付けるということだね。どういう存在で、何ができるのか」

シズク・ティアードロップの場合なら。

どういう存在で――誰かの心に涙の雫（しずく）を零（こぼ）し、波紋を広げる花として。

何ができるのか――心を震わせて、その残響を共鳴させ続けることができる。

――心を震わせる《残響涙花（エコーハウリング）》。

「誰もが想像する超能力や魔法のようになるとでもいうべきかな。余談ではあるが《涙花》や《魔犬》のように異能としての名前はそのままコードネームとして使われることになる。さらに言うと《残響涙花》に『エコーハウリング』と、言葉を重ねることで意味を多重化し、安定性を増しているわけだね」

「《宝石》や《妖精》もそうだ」

「細かいねぇ！」

「重要なことだよ」

「いいだろう！　それでは、次は《魔犬(シリウスフレイム)》の話だ！」

書類からエルティールの写真を引き抜き、ノーマンに翳(かざ)す。

「ヘルカート通りで発生した連続通り魔事件。被害者には一見共通点はなく、あるとしたら皆一様に惨殺死体(ざんさつしたい)だったということ。さぁ！　聞かせてくれたまえ！　魔犬を引き連れた君は、この事件をどう見ていたのかを！」

「そうだねぇ」

問われたノーマンは、ぼんやりと天井を見上げた。

仮に一言でまとめるならば。

「――――正義のお話、かな」

第二幕
ヘルカート通りの魔犬
The Hounds of Hellcate

どうか、誰も来ないでくださいと女は願った。

女は自分の姿を誰にも見せたくはなかった。

どこかも知らない路地裏で座り込んで喘いでいる。

「はっ……はっ……はっ……」

言葉すら碌に発することはできない。

もしも誰かが近づいて来たのなら傷つけてしまう。

何よりも、あの人に会いたくなかった。

家にいられなくなり逃げだした先に、自分を拾ってくれた人。

だからこそ、会えないのに。

「……あぁ、やっと見つけた」

「――ぅう」

どうしてと思わず呻きを上げる。

石畳みの路地裏、自分の視線の先に彼はいた。

少し息を切らしているのは走ったからだろうか。

こんな自分を捜して。

「なんか大変そうだけど……まぁなんとかしよう。ほら、帰ろうよ」

「――」

何故そんなことを言ってくれるのだろう。今の自分に帰る場所なんてないのに。

帰ったとしても、どこにもいられないのに。

「……うん、気持ちは分かる。ちょっとだけね」

苦笑しながら彼は一歩近づいてきた。

「――！」

だから反射的に吠えてしまった。こんな声が自分から出るなんて信じられないくらいの咆哮。

命を、本能を、生命を脅かす叫び。戦場で砲撃でもしたらこんな音が出るのではないか。

「凄い声が出るね」

なのに彼は当たり前のように近づいて、女の頭を撫でた。

「――」

少し女が手を振るえば彼は死んでしまうというのに。

彼は笑っていた。

「元の生活に戻す、なんて言えないけれど。――せめて君が姿を隠さなくていい居場所くらいは作ってあげるよ」

エルティール・シリウスフレイム。

赤い瞳、豊かな長い金髪。雨でもないのにいつも全身を覆う継(つ)ぎ接(は)ぎのトレンチコート。

二メートルに近い身長のどこに触れても柔らかそうな魅力的な身体(からだ)。

何度ノーマン・ヘイミッシュの視線を吸い込んだことだろう。

そんな彼女は、

「おはようございます、ノーマン様」

目を覚まして横を向いたら、少し離れたところに彼女の顔があった。

「…………おはよう、エル」

ノーマンの寝台の隣で床に膝をついていた。

「……いつからそこに?」

「いつからでしょう?」

こてんとエルティールは首を傾(かし)げた。

大人しくほんわかとした雰囲気は飼い犬のようだ。

「そっかぁ。鍵は……マスターが?」

「はい。入れてくださいました！」

ノーマンはビリヤードバーの二階に下宿している。そのマスターにはバルディウムに訪れた時に世話になり、それをきっかけとして住居を提供してもらっていた。

「まぁいいや。あらためておはよう」

「はい、おはようございます！」

寝室を出て、顔を洗い、歯を磨いてからリビングに行くと、

「朝食の準備をしておきました。あとリビングとキッチンのお掃除も。洗濯物も出して、シャワーの方は石鹸がもう小さかったので新しいものに替えておきましたよ」

迎えてくれたのは怒濤のもてなしだった。

ノーマンの下宿部屋はキッチン、リビングと寝室に分かれていてそれなりに広い。

一階から階段を上がりドアを潜ればリビングがあり、キッチンに繋がっている。リビングから短い廊下にシャワールームとトイレが別々にあり、物置部屋を挟んで奥には寝室が二つ。広い上に部屋自体も古くなく、立地もいい。本来二人によるルームシェア用なのだがマスターの好意から値段を抑えられている。

バルディウムに来る前は軍隊にいたので生存力は高いのだが、街の中ではあまり発揮されず、かつての厳粛な規則正しい生活も過去の話である。特別ずぼらでも部屋を散らかすわけでもないが、かといって生活力が高いわけでもない。今のノーマンを見て、元軍人と気付くとしたら

それは同じ軍属か或いは本当の名探偵くらいだ。

「ふふっ」

勿論、ノーマンが寝ている間にエルティールが全てを熟してくれたのだろう。

「いつもありがとうね、エル」

「いえ！　エルがしたくてしていることですので！」

彼女がノーマンの部屋に来る時は毎回こんな感じになっているので慣れてしまった。

キッチンの食卓につき、少し待てばハムエッグとサラダ、スコーンが並べられる。

スコーンを一口齧ればサクッとした歯ごたえと仄かな甘み。

「うん、美味しいよ」

「よかった。紅茶も淹れますね」

優雅さえ感じさせる手つきで紅茶を注いでいく。

少し口を付け、鼻から抜ける茶葉の風味を楽しむ。

自分でも紅茶を淹れるが、同じ器具と同じ茶葉でこうも差があるのか不思議でならない。

目の前には美味しい朝食と紅茶。隣の清楚な美女はまるで瀟洒なメイドのよう。

「良い朝だ……」

「ふふっ。そう言ってもらえて私もとても嬉しいですよ、ノーマン様」

できるのならば毎日こんな朝を迎えたいところだがそういうわけにもいかない。

彼女が朝からノーマンの家に来る時は、決まって仕事の合図なのだから。

机の上に置かれたのは一つのファイル。彼女が座ってから開いてみれば、

「おー、こりゃ凄い」

死体の写真が五枚分。

四枚目までは大きな裂傷程度だが、五枚目だけ食い散らかされたようなバラバラ死体。

凡そ優雅な朝食に合うものではないが、それを気にするほどノーマンの神経は細くもない。

「ヘルカート通りで起きた事件だそうです」

「あぁ…………あそこか」

「はい。何かありますか？」

「んー……いや、何でもないよ。というとバルディウムの南の方か。表向きは？」

「通り魔事件として四件目までは公表されているそうですが、被害者の死因は非公開ですし、新聞にも小さく載っていただけですね」

「ま、そんなもんか。姉さんならそうする」

情報統制は上司である姉の仕事だ。写真の下の事件の概要を軽い様子で捲り目を通す。

「ふむ。五件目で流石にって感じね」

二個目のスコーンを齧り、

「あ、これチョコなんだ」

「はい！ いかがでしょう」

「とても美味しい。良いお嫁さんになれるね」

「そんな……！」

赤らめた頬に手を当てたエルティールは大きい体を縮こまらせながら控えめに体を揺らす。人懐っこい大きな小型犬、という感じ。ついでに胸も凄く揺れていたので内心拝んでおく。勿論顔には出さない。

「惨殺死体の通り魔事件ね。随分と物騒だ」

「はい。ですので私がお供させていただきます！」

エルティール・シリウスフレイム。質素なワンピースも、雨の日でもないのに玄関に掛けているトレンチコートも彼女が人間社会に紛れるための努力だ。溶け込むためではない。溶け込みたくたって、溶け込めない。特徴的な彼女の外見は周りとの軋轢の証だ。

「うん、よろしくね」

「はい！」

ただ、その頷きは軽くて薄っぺらいものだったし、エルティールはにっこりと笑っていた。

飼い主にじゃれつく飼い犬のように。

悪い男に騙される無垢な少女みたいに。

　風の吹かないバルディウムは城壁に囲まれた街だ。

　街の外、北には大きな湖がありそこから流れる川が街を南北に縦断している形。中心部には行政機関や郵便局、銀行、警察署のような街の機能を担う建物や大手の商店、或いは劇場や博物館や図書館がある。北は貴族を始めとした金持ち向けの高級住宅街。東西は中間層の住宅街、南は貧困層という風にざっくり別けることができる。

　あくまで大雑把に別けた話であり、多くの店や多くの人、金持ちも貧乏人も、買う人間も売る人間も混在していた。

　ノーマンの下宿だって街の中心部に近い西側にある。

「ここだね、現場」

　ノーマンとエルティールはヘルカート通りに到着していた。

　十字路だ。

　警察の封鎖で人の気配が無いことを除けば特筆するべきことの無い平凡な街並みだった。二階建ての建物と等間隔に並んだ街灯だけの、通り過ぎても記憶に残らないだろう道。

「にしても……ヘルカート通りで通り魔事件とはね」

「そういえば先ほど何か気に掛かった様子でしたけど、ここに何かあるのですか？」

「……知らない？」

「はい」

「そっかぁ。随分と前に、その辺りで噂になったんだよ。変な唸り声が夜な夜な響き渡ったり、妙な生き物の影を見たり、実際に怪我人が出たりもして……」

ノーマンは肩を竦め、

「――ヘルカート通りには魔物がいるって」

「初耳です」

「……まぁ、別に事件とは関係ないから気にしなくていいよ」

彼は空いている手でコートからファイルを取り出す。

ファイルから抜き出したのは一枚の写真。

五件目のバラバラ死体だ。

「周囲に痕跡は全く残ってない……姉さんの指示か。エル？」

呼びかければ、彼女は何度か鼻で空気を吸い込み、

「……はい。二日前の消毒液の匂いが残っているくらいですね」

「徹底的にやるなぁ。まぁ姉さんならそうするだろうけど。まぁいいや」

もう見えなくなった死体があったであろう石畳を軽く触れながら、事件の詳細を思い出す。

「一人目から四人目は大小のひっかき傷。獣か何かに襲われたみたいに。野犬か何かって推測もあったみたいだけど……」

写真を見る。

食い散らかされたような――――バラバラの死体。

「凄い力で無理やり体をもいだっていうか引きちぎったっていうか。とにかく普通の動物は勿論、人間にも無理だ。だからこの辺りじゃ魔物の噂が広がってるんだろうけど、実際は――」

「《アンロウ》」

「そうだね」

だからノーマンたちに仕事が回ってきた。

勿論、最初の四件が本当にただの野犬なりに襲われた可能性も無くはないが。

それでも五件目だけがバラバラ死体だったのは異常だ。

「どういう異能なのでしょうか」

「単なる肉体強化なのか、何かしら刃物を生み出すのか、或いは斬撃なりなんなり生み出すのか。ただ、全てが同一人物の仕業なら推測できることはある」

「おぉ。それは？」

「途中で《位階Ⅱ》になってるね」

一人目は偶然だったかもしれないが、四人目には異能が安定したのだろう。

位階が、進化したのだ。

《アンロウ》の異能は訓練すれば応用が利くし、使い方の幅も生まれるようになる。

ただし、そのためには異能自体の基本骨子を確定させ、安定させる必要がある。

例えば――名前。

名前を付けて、そう扱えば異能は安定する。《アンロウ》の研究者はそう言っていたし、ノーマン自身の経験則でもそう。この世界から外れた己を再定義するのだ。

よく分からないからせめて名前を付ける。

よく分からないものは怖いけど。分かるものなら怖くはない。

それはノーマンも同じだし、犯人だって同じのはず。

そうなったものを《位階Ⅱ》と『カルテシウス』は定めていた。

「事件は三週間かけて五回。一回目から三回目までは一週間ずつ空いてるけど、それ以降は四日おきで合わせて三週間。解りやすく間隔が短くなってるからそういうことだろうね」

「異能に慣れてきた、と」

「或いは楽しみ方を覚えた、とか。我慢ができなかった、でもいい」

「……なるほど」

エルティールが少し困ったように首を傾ける。

覚えがあるのかないのか。

そこに関してノーマンは触れるつもりもなかった。

「えぇと……犯人が同一人物なら、ということですけど。もし複数犯だったら？」

「《アンロウ》じゃなかったら警察に投げるよ。とりあえず五回目は確定だろうし」

いい加減そうに肩を竦めて応える。

「五回目が起きたのが一昨日。もしかしたら今夜にでも起きるかもね」

「現行犯逮捕を狙うわけですね」

「それが手っ取り早い。頼りにしてるよ、エル」

「はい！　そういうことなら私にお任せください！」

「うん、全面的に任せるよ」

ノーマンも自衛の心得はあるが《アンロウ》相手では分が悪いことの方が多い。

だがボディガードというのならエルティール・シリウスフレイムは最も信頼できる。

「……それにしても、ノーマン様？」

「うん？」

「今回は回ってくるのが早かったという話ですけれど、似たような推理を警察の方々もされたということでしょうか」

「あぁ……いや、違うんじゃない？　そのあたりは姉さんから聞かなかった？」

「特に聞いていません」

「説明省いたな姉さん……まぁいいけど」

五人の被害者のことを思い返す。

「一人目から三人目は『ホームレス』。四人目は『労働者』の男性」

ここまでは良い、というのもおかしな話だけれど。

問題があったのは次だ。

「五人目、『お貴族様』だったみたいだね。それもわりと立派な。アンティークのコレクターで他の貴族とかに売買したり、顧客も多かったようだ」

「……なるほど、そういうことですか」

「そう。多分上の方から圧力があったんだろうね。この街じゃ都市の偉い人とかお貴族の意向は無視しにくい」

「なんというか。ホームレスの方々はどうでもいいと言ってるみたいですね」

「実際そんなもんだよ。ま、貴族だとかホームレスだとか置いておいて、さっきも言ったけどヘルカート通りは元々魔物が出たって曰く付きだしね。実際に惨殺死体なんか出たら市民の皆さんも夜眠れなくなる」

「……なるほど。しかしどうして夜にその貴族の方が来られたんでしょう？　北部の高級住宅街からは距離がありますし、この辺には特に訪れる場所はなかったと思いますが」

「そこは資料には書かれていないね。解らなかったのか、隠されているのか」

ノーマンはいい加減な動きで肩を竦めた。

そして何の変哲もない十字路を見回す。この十字路で五人も死んだ。

「とりあえず、今夜もう一回ここに来よう。警察が動き出したのも犯人は知っているはずだ」

「通り魔を終わりにする……ということは？」

「ないね。通り魔で異能を安定させたんだ。絶対にもう一度やる」

問題はその〝もう一度〟がいつ、どこでやるか、という話なのだが。

「ふむ……よし、そろそろここから出ようか」

「次はどちらに？」

「元々はホームレスや労働者が殺された事件なんだからその人たちに話を聞きに行こうか。ホームレスなら封鎖の届いてない路地裏を探せばいるだろうし」

「なるほど、聞き込み。捜査の基本ですね！」

「そうだね。まぁそこまで期待できないと思うけど、やるだけやってみよう」

●

「うーん……思った以上過ぎたな……」

ダウニー通りの食堂でノーマンはため息交じりに溢した。

一番奥の半分個室みたいなボックス席から見える店の外はもう暗い。

ノーマンはチキンのシャワルマと紅茶を。

「ノーマン様、お元気を出してくださいっ」

エルティールはチキンケバブとビーフケバブとマトンケバブを二人前ずつ。

それも通常カットされて出されるものを塊で。付け合わせのチップスは食べ応えのある三日月形のウェッジカット。肉には塩もソースも無し、牛肉はほぼ生のレアが彼女の好みだ。

とかく彼女は健啖家である。

「ノーマン様ノーマン様」

「んー?」

「あーんです」

「あーん」

差し出された一切れの肉を、素直に口にする。

味付けがないから少し物足りなさはあるが、彼女が食べさせてくれるというのが重要だ。

「……………よし。順番に整理しようか。あ、普通に食べててね」

「はいっ、ありがとうございます」

彼女はナイフとフォークで丁寧に切り取り口に運んでいく。

ノーマンは自分の前に置かれた二つ分のシャワルマを一瞥し、

「聞き込み、あの通り周辺のホームレスから始めて、あんまり期待してなかったんだけど」

「いきなり驚きの事実が出てきましたね」

「全くだ。――違法の売春宿があるとは」

呆れ気味に嘆息しつつ、紅茶を口に含む。

「警察も存在を知らなかったみたいだし、『お貴族様』が隠蔽してたみたいだねぇ」

「……貴族にとって都合の悪いことは隠蔽されるものですからね」

「うん。まぁそうだね。特に連中は悪い自覚があっての隠蔽だった。何でもしていいとか子供とか性別を問わない店なんだから当然だろうけど。ちゃんとした店ならこの街にもあるけど、それじゃ満足できなかったみたいだね」

「酷い話です」

「ね。ここで重要なのは『お貴族様』がその違法売春宿の常連だったってこと」

「ホームレスの方々は良く見ていますね」

「彼らみたいな人は見かけたら嫌な顔されるけれど、されるだけってのが大事な所だね。いないものとして扱われるから情報収集には助かるよ」

まずヘルカート通りに貴族がいた理由は解決した。

「次に、四人目の被害者である『労働者』さんの仕事場まで行って話を聞いてみたけれど」

ここで色々話が変わってきた。

「この人は――妹をどこかの売春宿で働かせていた」

ギャンブル依存で負け続きだったとか、その癖に金払いが良かったとか。

妹にどこかで体を売らせていたとか。

「この話の問題は、またまた警察はこの事実を把握していなかったってこと」

「警察は仕事ができない、という話では無くて……」

「こっちも隠蔽されたんだろうね。つまり、この事実は偉い人には都合が悪かった。案外警察にも通ってた人がいたりしたのかも。となると妹が働かされていたのはヘルカート通りの違法売春宿だった可能性が高い。じゃなかったら資料に情報が載っていたはずだ」

「結果、四人目と五人目の被害者が繋がったのですね」

「そういうこと」

その上で、

「正義に燃える刑事さんにも連絡を取って、その違法売春宿まで調べに行った」

隠蔽された違法売春宿を知ったハリソン刑事の怒り度合いは随分なものだった。『カルテシウス』と協力関係にある彼は、しかし正義の男でもある。そういうところを気に入っていた。

「そうしたら被害者の妹さん。案の定働いてたね」

『労働者』の妹であり、その兄に違法売春宿で働かされていた少女。

その過酷さは彼女を一目見て分かった。

全身至る所に包帯が巻かれ、巻かれていない場所には古い傷跡が沢山あった。

もっと言えば、彼女以外の娼婦も大概ではあった。年端も行かない子供もいれば、体が欠損している子、性別も問わず十人ほど。全員濁った眼をしていた。

彼女はそのまとめ役だった。

子供たちをかばうようにノーマンを睨み付けていたのが印象的だった。

「痛ましいですね」

「全くだ、といっても俺たちにはどうしようもないんだけど。ポイントは妹さんの常連客が『お貴族様』だったって話。偉い人ってのは困るね、女の子に傷をつけるのが趣味なんて」

「繋がりがさらに強くなりました」

「そう。三人のホームレスを異能の練習台と考えれば、妹が《アンロウ》かな。自分を売ってギャンブルしてる兄と自分の客を殺す。理由としてはシンプルだ」

シンプルなのは良いことだ。

怨恨が理由というのは単純でそれ以上に強烈だから。

憎いから――――殺す。これ以上ないくらい分かりやすい。

大概の人間は憎くても殺すまでに至るのには難しいが、《アンロウ》ならば簡単だ。

その憎しみを具現化すればいいだけだ。

「ただ、妹だとするとよく分らないことがあるんだよね」

「？　なんでしょう」

「恨みのあるお得意様を殺して、自分を売った兄を殺した。なのに、どうして彼女はあの店に残っていたんだろう」

「……あ」

「そう。兄を殺した時点であんな店にいる理由はないはずだ」

兄を殺せば売春宿の仕事に就く必要はなくなるはずなのに。そもそもわざわざヘルカート通りで殺す必要もない。売春宿は通りの南、もっというと目と鼻の先だった。

「お金の問題……とかでしょうか？」

「いや。《アンロウ》なら強盗も簡単だし。続くかどうかは別にして」

「むぅ。よく分かりませんね」

売春宿には『お貴族様』に買われた子供は数人いたが、直接的な動機があるのは妹だけ。

となると誰が犯人か、という問いに関しては現在分かる範囲ではその妹だけになる。

どうやって殺したか、という問いも《アンロウ》なんだから難しい問題でもない。

残る問題は一つ。

どうして売春宿に残っているのか。

「まぁ正直どうでもいいんだけど」

「いいんですか？」

「単純に妹が犯人だったら楽でいいしね。そのあたり聞けると、後でこの事件に関する報告書を書くのが楽になるくらいだし」

《アンロウ》の事件を処理するのが仕事だが、その報告書を書くのも仕事の一つだ。

『カルテシウス』のバルディウム支部ではノーマンの姉であるスフィア・ヘイミッシュが支部長として行政や貴族との連携や事件の隠蔽、全体の指示を。

科学者であるジム・アダムワースが《アンロウ》の能力を研究。

さらにもう一人情報収集担当がいるが、その人物からは毛嫌いされていたりもする。

スフィアやジムにしても、エルティールたちとは相性が悪いので会話に出ることはない。

紅茶を飲みつつ、資料ファイルを開いた。

それに改めて目を通していた時だった。

「あら」

「ん」

まずエルティールが振り向いて店の入り口へと顔を向け、釣られてノーマンも見た。

入ってきたのは子供だった。

みすぼらしいボロボロの服を着た性別もよく分からないような子。その子は真っすぐに店の奥、二人の席まで来て口を開かずに立ち止まる。

ホームレスの子供。

「お疲れ様」

ノーマンは皿の上に載っていた手を付けていない二つのシャワルマを子供に差し出す。

受け取った子供はボロボロのポケットから四つ折りのメモを机に置き、何も言わずに去った。

店にいたのは一分にも満たない時間だ。

「売春宿に行く前に最初の被害者三人の『ホームレス』の調査を頼んでてね」

メモはノートの切れ端で、ホームレスにしては存外綺麗な字がびっしりと記されている。

「流石だね。よくもまぁ短い時間でこれだけ。寝床や食事、働き場所に物資の回収ルートとか……うわ、どのくらいの頻度で女を抱いていたかとか――」

メモに目線を通していたノーマンの動きが一瞬止まった。

「ノーマン様？」

彼の薄い青い瞳が細まる。

思考が回る。

これまで集めた情報と今貰ったホームレスの生活状況。兄に売られて自分は春を売り、変態の『お貴族様』に切り刻まれた少女。会員制の非合法な売春宿と可哀そうな女子供。三人の『ホームレス』の被害者。ヘルカート通り。なぜ彼女は売春宿に留まったのか。

絡まった糸が解けていくように、ではない。

散らばった点を無理やり繋げ合わせる作業。

確証はない。

『かもしれない』を積み上げ、見せかけの理論を生む。

突然に黙ったノーマンを、しかしエルティールは何も言わず見つめていた。

すぐに上品な仕草で食事を再開したけれどそこには無関心や怠惰さはない。

主の命を待つ忠犬のように。

呼ばれたら。命じられたら。すぐに動けるように。

張り詰めた緊張と何が起きても驚かない余裕が均衡を保っている。

「…………エル。この後は一度別行動かも」

「なんと……！」

がーん、という擬音が聞こえた。

「そんな……それでは私は何を糧に頑張れば……」

「ごめんね。少なくともあの通りには俺一人で顔出した方が良さそう」

「大丈夫なのですか？」

「一芝居打とう。勿論、最後は君に頼ることになる。頼んで良いかい？」

「……もう、そう言われて私が断るわけないじゃないですか」

嬉しそうに彼女は笑う。

ノーマンも自分が頼めばエルティールが断らないと解ったうえでの問いかけだった。

「それにしても推理に集中するノーマン様は素敵です。まるで名探偵みたいですね」

「いや、探偵なんてのは名ばかりなんだけど。……なら、君が助手かな？」

「いえ、私はペットが良いです」

「……………君が良いなら良いけどね」

「ご安心くださいノーマン様」

エルは胸に手を当てほほ笑む。

主に忠誠を誓う従者のように。

「ノーマン様が誰の敵であろうと――地獄の果てまでお供しましょう」

感動的な言葉だけれど、この後のことを考えると心が痛んだ。

まぁ、ちょっとだけ。

●

寒々とした夜の街を少年が歩いている。

ヘルカートの十字路。周囲を見回すように何度か往復しているが、足取りそのものは軽い。

通りに等間隔に配置された街灯がその足元を仄かに照らすだけで、通り全体はかなり暗い。

場所によっては月明かりがあるからかろうじて視認できる。

軽薄、とさえ言っていいかもしれない。

何かを誘っているようだが、呆気なく殺してしまえそうな隙の多さ。

違法売春宿に現れた胡散臭い灰色の少年。

刑事と共に巨女を召使のように引きつれ、ぼんやりとしながらも店の内情を無遠慮に漁るだけ漁って帰っていった。

詳しいことは知らない。

――だったら殺してやろうと、『それ』は思った。

少年の背後に『それ』は付いた。

距離は十メートル程度。足音を消し、忍び寄る。

指をだらりと下げ、膝を沈めた。

十メートルという距離。それは普通なら詰めるのに全力で走っても数秒は掛かる。だが、『それ』は普通ではなかった。この力が安定してから身体能力も飛躍的に上昇した。胸の奥に湧き上がるのは殺意と、これまで殺してきた相手に対する憎悪。それにより力が発現する。

ゆえにこの距離は『それ』にとって、一瞬アレば良い。

凶器を突き立てるのにさらにもう一瞬。

そうすれば、終わり。

彼我の距離を一歩で詰め、凶器を振りかざし、無防備な背中に叩き込み——

「おっと危ない」

「⁉」

少年はくるりと体を回し、襲撃を回避した。

●

ノーマンは石畳をがりがりと滑りながら動きを止めた少女を見た。

安っぽい簡素なワンピースに同じく安っぽいボロボロの服。全身至る所に見えるのは巻かれた包帯と古傷の痕。薄い金髪は乱雑に切られた女。そして、三センチほどの血に濡れた爪。

——こいつだ。

「…………どうして」

殺された『労働者』の妹——ジャクリーン・ハーレイは問う。

「別に。殺気が出過ぎだよ」

それよりも、

「ジャクリーン・ハーレイ。君の話をしようか」

「っ……!」

傷だらけの少女の顔が歪み、指に、爪に力が入る。

「あの売春宿なら、君の望み通り潰れると思うよ」

「────」

しかし、ノーマンの一言にわずかに緊張が緩んだ。

それを見て、彼は自分の推測がさほど間違っていなかったことを知る。

「俺と一緒にお店に行った刑事さんはあれで結構偉くて正義感が強くてね。あんな店を放っておく自分を許さないって言うべきかな。だから起こしたんでしょ？　連続通り魔事件」

「…………驚いた。何者かと思っていたけれど、探偵だったの？」

「そう呼ばれることもあるけど本当は探偵じゃないんだよね」

「……私をどうするつもり？」

「君次第かな」

できれば穏便に終わってほしい。

そうなると後でエルティールへのフォローが必要だけれど。

「俺は君みたいな《アンロウ》を捕まえるのが仕事でね、素直に捕まってほしいな」

「アン、ロウ……。そう────やっぱりいるのね、私の同類が」

月明かりだけの薄暗い通りで、ほとんど四つん這いのような姿のジャクリーンが目を細める。

右目には一際目を引く縦の傷跡があった。

宿で出会った時は化粧で上手に隠していたようだが。

「君みたいなタイプを《位階(カテゴリー)Ⅱ》の『逸脱態』って呼ぶんだ」

「……？　タイプ、位階？　段階や種類があるの？」

「俺の所属する『カルテシウス』って組織が決めてるんだよね」

別に、そこまで難しい話ではないのだが。

自己を対象とした異能においては、それとは別に基礎的な身体能力も強化されることがある。馬鹿力だったり、拳銃の弾丸程度はものともしない耐久力だったり、何時間走ってもものともしない体力だったり、一晩寝れば大体の怪我(けが)が回復する回復力だったり。

一流の運動選手を上回る能力を前提とし、加えて異能を持つ。

体温を操ったり、異様に体が柔らかかったり、電気を発したり。前提となる運動能力に加えてさらに特化した身体能力を発揮したり——異様に固い爪を生やしたり。

できることは人間の延長線上にある。

「でも、怖いのは能力じゃない。言い方を変えれば物凄(ものすご)く動ける人間なせいか、どうにも精神面での箍(たが)が外れやすいんだ。万能感、全能感、他の人間より並外れた性能のせいで」

人間から。

肉体も精神も、外れ抜きん出たもの。

「簡単に言うとちょっと頭がおかしいんだよね。自分のやりたいことをやらずにはいられない。

自制心とか倫理みたいなものを置き去りにしてしまう」

「はっ。だから《アンロウ》って？　大した皮肉ね。名付けたやつには喝采を送りたいわ」

「あまり笑えない」

「――――わかるでしょう、探偵さん？　そこまで私みたいなのに詳しいなら。私が止まるわけがない。殺した五人とも、どうしようもないクズよ」

「だから殺して良いって？」

「殺さないと――――よ」

傷だらけの少女の口が弧を描く。

そうしたい。そうするべきだ。そうしないといけない。

そう思い込んで――――止まれない。

「お前も、同じ類かしら探偵さん」

「うーん、どう思う？」

「どこからどう見ても女の敵よ」

もう分かっているんでしょう？　と　爪をわずかな月明かりに反射させて彼女は笑う。

「えーと、一応君の動機とか色々考えたんだけど。他のタイプの話とか聞かない？」

「興味ないわね」

ゆらりとジャクリーンは体を起こす。

「はぁ」

ノーマンは息を吐いた。

「うふっ」

ジャクリーンは笑った。

そして、ぎちりと殺意が弾けた。

「──《正しき五爪》！」

閃く五つの爪。叫ばれた名に、ノーマンは目を細めた。

「それが君の異能の名か」

叫ばれたのはそうあれかしと定められた異能の名であり、位階が進化した証明。

人間を容易くバラバラにし、彼女の正義を為す凶器。

尋常ならざる身体能力によってそれが振るわれる。

話すことはないと男を殺す──切り裂きジャクリーン。

ノーマンに至るまで一瞬。

死に至るまでの刹那。彼はただ、口笛を吹いた。

──ぴゅぅいっ。

それは主が犬を呼ぶように。

エルティール・シリウスフレイムは馳せ参じる。

それは巨大な犬だった。

継ぎ接ぎのトレンチコートをマントのように纏い、コートの赤いベルトが首に繋がって首輪になっている。全長も三メートル近い。闇に紛れるような黒の体毛。肉切り包丁のような鋭い爪、顎には鋸のような牙。瞳だけは人の姿と変わらぬ色で、より強く輝いている。

「なっ――――!?」

言うまでもなくジャクリーンは驚愕する。

爪は既に振りかぶられている。

ノーマンの眼前に割り込んだ黒犬は石畳に着地し、

「がっ!?」

体当たりで彼女をぶっ飛ばした。

尋常ではない衝撃だった。

常人であればそれだけで全身の骨が砕けて死んでいたであろう。

「ごほっ……ごほっ……何、が……!?」

揺れる視界、口から血を零しながら彼女は見る。

ノーマンの前に立つ巨大な黒い犬。

「君がヘルカートの切り裂き魔なら……」

男は何でもないように、けれど笑みを浮かべながら黒犬の背を撫でる。

くぅ、と黒犬は気持ちよさそうに喉を鳴らした。

「エルは——ヘルカートの魔犬(ハウンド)、っていったところかな」

《黒妖魔犬(ブラックドッグ)》のエルティール・シリウスフレイム。

彼女の異能は、その身を巨大な黒い犬に変えること。

「っ……あの時の、女……！　だから、連れまわして……！」

「そう、俺のボディガードだ。……あー、立たないほうがいいよ。君は頑丈そうだけど、エルほどじゃないだろうし」

それに。

「エルは——《位階(カテゴリー)Ⅲ》だ」

安定した異能を、さらに様々な応用発動を可能とした《アンロウ》。

『カルテシウス』においては最上位とされる位階だ。

「っ……貴女(あなた)、それでいいの⁉」

「……？」

叫ぶ彼女の顔が歪(ゆが)む。

傷だらけの顔。

傷ついた体を震わせて。

男の——欲望に蹂躙(じゅうりん)された証(あかし)。

兄に売られて、客に切り刻まれた少女は吠(ほ)える。

「そんな、そんな男の犬になって！　好きなように使われて！　私はこういう男を知っている！　沢山客で見た！　女を道具としか思っていない屑(くず)！　何かあればきっとアンタを捨てるような女の敵が――――！」

「女女と、うるさいですね」

黒犬が人の言葉を話す。

声帯がそもそも人のものとは違うはずだが、そんな道理は《アンロウ》には通じない。

喋(しゃべ)れるから喋(しゃべ)るだけ。

「主語が大きい。自分が世界の中心だとでも？　――――私とあなたは違う」

「――――どうして」

「簡単なこと(Elementary)ですよ、切り裂き魔(The Ripper)」

あなたが男を嫌っていても。

私はこの男を愛している。

あなたが男に捨てられても。

私はこの男に拾われた。

あなたが男を地獄に突き落とすのなら。

私はこの男が地獄に落ちても伴(とも)をするだけ。

ただ、それだけの話。

「尻尾を振る相手を間違えましたね。ペットならペットらしく愛してくれる主にすればよかったのに」

もっと言えば、と彼女は喉を鳴らし、

「ノーマン様から頂けるなら、傷だろうと痛みだろうと私は大歓迎です」

「いや、しないけどねそんなこと。可哀想なのは趣味じゃない」

「流石ノーマン様、お優しい……！」

「ふざけるな……！」

ジャクリーンは激昂する。

ジャクリーン・ハーレイに選択肢なんてなかったから。

獣のように彼女は身を屈め、爪がさらに伸びる。血が指先から流れるが構わない。

感情は《アンロウ》にとって分かりやすい燃料だ。

けれど、それが振るわれることはもうなかった。

「エル」

「わふっ」

「行け」

「――――わんっ！」

短い命令に歓喜し、黒犬が吠える。
彼女は石畳を砕き、切り裂き魔へ疾走。
ジャクリーンは見た。
暗い夜。漆黒の闇。疾駆する黒い犬。
夜と黒と闇。
その中で爛々と輝く最も明るい瞳。
――《黒妖魔犬》は地獄に輝く。
ごうっという音と共に魔犬が切り裂き魔を撥ね飛ばす。
女の体が宙を舞い、しかしそれで終わらなかった。
「ルォ――」
魔犬が息を吸う。尋常ならざる肺活量から繰り出されるのはただの声ではなかった。
ジャクリーンのように、極めて鋭い爪を伸ばすという能力の単体発動ではない。
巨大な犬になるという異能から派生した異能。
『黒妖魔犬――咆哮!!』
夜の街に、魔犬の絶叫が響き渡った。
指向性を持った大気の振動が切り裂き魔へとぶちまけられ、蹂躙する。
それが短い散歩の終わりを告げる遠吠えだった。

「――わふっ」

大きな首を振りつつ、全身から血を流し倒れたジャクリーンを一瞥。

「あ……がっ……」

身体は痙攣し、霞む視界でジャクリーンは見上げた。

夜に佇む黒い魔犬に、

「お疲れ、エル」

ゆっくりと主が歩み寄る。

彼は、黒の毛並みを優しく撫でながら横に並び、

「くぅーん」

ぺろりと、魔犬がノーマンの頬を舐めた。

「わっ、はは。くすぐったいよ」

それを見て、声が零れる。

「――どうして」

ジャクリーンにはその光景は巨大な怪物が少年を食べようとしているようにしか見えない。

少しでも魔犬が牙を剝けば、彼の喉を切り裂くのに。

けれど、ノーマンは当たり前のように魔犬の舌を受け入れていた。

「――あ」

私とあなたは違う。

そう言われた。

ならば何が違うのか。

魔犬の隣には、彼がいた。

だけど、切り裂き魔の隣にいたのは——どうしようもないろくでなしの兄だった。

血を分けた肉親とは、繋がりなんてなかった。

兄を殺した時、躊躇いが無かったわけではないが力に目覚めた時、躊躇いは消え去った。

兄は言ったのだ。

その力があればまた別の方法で稼げる、なんて。

結局のところ、兄は自分のことを道具としてしか見ていなかったのだ。

金を稼ぐための、欲望のための、便利な馬車馬。

切り裂き魔は、道具として使うだけの兄がいた。

けれど魔犬には、主がいた。

だから違う。だから私は負けた。

「…………なに、よ……最悪」

地獄で生まれた切り裂き魔は、地獄の中で紡がれる絆を見出してしまって。

己の正義の間違いに、何もかもを手放した。

「…………確かに、最後のセリフはいまいちだねぇ」

倒れ伏し、力尽きたジャクリーンの最後の言葉にノーマンは肩を竦めた。

何やら最後の力でこちらを眺め、複雑そうな表情をしていたが、

「まっ、どうでもいいか」

興味はない。

それよりも、

「お疲れ様、エル」

「はい、ノーマン様！」

魔犬は美女に戻っていた。

ワンピースは破れて全裸ではあるものの、大きなトレンチコートが全身を隠している。頭より大きい二つの膨らみやお尻がトレンチコート越しに肉感的な曲線を生んでいる。

少し垂れ気味の優しそうなまなじり。

その目は、本来の白目が黒く反転し、瞳が赤く輝いている。

赤と黒の反転瞳。

強度の高い『変貌態』であるがゆえに、変身直後に現れる異能の残滓。

出会ったばかりの頃は人の姿でも反転瞳のままであり、目隠しで生活をしていたこともあった。訓練を重ねたことで目隠しのない生活を遅れるようになったのだ。

それでも、感情の昂ぶりや異能の使用直後にはこうして変化が現れる。

「いつも思うけど、変身のたびに服破れちゃうのはもったいないねぇ」

「まぁ……それはそうですけどね。これぱかりは割り切りました。いつもノーマン様に買っていただくのに申し訳ないですけど。サイズ的にも私に合う服ってほとんど見つからないですし」

「いいさ。ちなみに、そういう制限無かったらどういう服が着たいの？」

「………そうですねぇ」

彼女は小さく首を傾け、

「レースやフリルがいっぱいの、可愛いのとか」

「……なるほど。それは是非見てみたいね」

ノーマンは頷きながら脳裏にその情報を焼きつけておく。

「それにしても……流石ノーマン様、洒落が効いていますね！」

「うん？　何が」

「ヘルカート通りの魔犬、例の怪物がどうこうの噂に掛けてくださったのでしょう？」

「あー……いやその噂話の怪物……君のことだよ」

「…………………はい？」

「色々あって覚えてないかもしれないけれど、君と俺が初めて出会ったのも、その後君を拾い直したのも、このヘルカート通りなんだよ。ほら、あの時俺ちょっと怪我したりもしたじゃん？　そのあたりが尾ヒレついて広がった感じ」

「まぁ……」

エルティールはノーマンの言葉に瞳を見開いてから、ほほ笑んだ。

「それは――とてもロマンチックですね」

●

「義憤だったんだよね、彼女のモチベーションは」

ブラシをかけながらノーマンはそんなことを言う。

「くぁ？」

欠伸しながら答えたエルティールの姿は人ではなく、黒犬のものだった。

ノーマンの下宿、リビングに巨体を伸ばし寛いでいた。

普段外で纏う黒のトレンチコートは外され、彼は彼女の漆黒の毛並みにブラシを通していた。

毛繕いだ。

仕事の後はノーマンが自ら彼女にブラッシングするのが二人の習慣になっていた。

彼女の毛は独特な光沢があり、滑らかな手触り。

ブラシを丁寧にゆっくりと動かしながらノーマンは言葉を紡ぐ。

「ジャクリーン・ハーレイは兄に売られて違法の売春宿で働かされていた。今十八で、働き始めたのは十二だった……六年間。どんな青春を過ごしたかは想像したくないね」

「わふ」

「全くだ。どうせ碌でもない。大事なのは六年間彼女はあの宿で過ごし、生き延びたっていうこと。六年間、兄に売られ続けて、誰とも知らない金持ちの餌になり続けた」

欲望の為に働かされて、欲望に晒される。

彼女は六年間ただの道具だった。

誰かの醜い欲を満たす為だけの馬車馬。

「わん?」

「いいや、それだけじゃない。あの売春宿、子供がいただろう？　勿論子供だけじゃないけど、その中でも彼女は年長者でベテランなわけだ。きっと見て来たんだろうね――――六年の間、使い捨てられた子供たちを」

違法の売春宿。

年齢も問わないというが、この場合は幼い子供が商品になるという話。おまけに欠損している子もいたし、ジャクリーン自身傷だらけだ。働きながら死んでしまったり、精神的に壊れてしまう子供もいただろう。

「あそこらへんは治安が良くない。ホームレスは勿論、孤児だっている。あの手の店で働かされるのはそういう類かジャクリーンみたいに売られた子だ。共感することもあっただろうし、その子たちや自分を苦しめる男というものを恨んでいたんだろうね」

「くぅん？」

「ホームレスも同じさ」

ブラシを動かし、耳の裏を撫でる。

ピコピコと耳が揺れた。

「売春宿で壊れた商品をどうするか？　簡単だ、捨てるんだよ。どこに？　路地裏に転がせば勝手にホームレスが拾ってくれる。最初の三人もそうやって自分たちの欲を満たしていた」

それ自体はさほど珍しい話ではない。

『ホームレス』たちの生活環境は、ホームレスの子供から貰ったメモから解った。

あの三人が性生活には満たされていたことが。

違法の売春宿で用済みになった商品を再回収していたのだろう。

「当然彼女はそれを知っていた、怯えていただろう。次は自分の番かもって。だけど」

だけど。

彼女は《アンロウ》になった。

「《アンロウ》になった彼女はすぐに自分の異常さに気づいた。そしてわりと頭が良かった。或いは客の貴族から学んでいたのかもね。ただ兄を殺すだけでは何も変わらない。彼女は自分がいた売春宿と自分たちを弄んだ男たちを恨んでいた。それ以上に――――許せなかった。だから、殺して、殺し続けた」

どうして?

許せないから。

義憤。正しいことをするべきだという憤り。

許せないから殺す。

それが彼女の残った理由。

「後は単純な話。ホームレスや労働者を殺しただけじゃ大した問題にならない。でも貴族が死ねば大事になる。実際なったし、売春宿も明るみに出た。刑事さんが調査したからもみ消しきれないだろう。結果的に彼女は目的を達成した。義憤――――あの売春宿を潰したいってね」

「くーん?」

警察によって存在が明るみに出たのなら、商品は被害者になって保護されると彼女は踏んだ。多分、もし明るみに出なかったのなら連続殺人事件のカウントが五から増えただろう。

振り下ろされる正しさの爪。

正しいからって何をしたって良いとは思わないけれど。

彼女は止まれなかったのだ。

地獄が生み、地獄を生む切り裂き魔。

もっとも、そんなバケモノに牙を剝いたのは地獄のハウンドだというのだから皮肉な話だ。

「とまぁ、解決編はこんな感じで終わりかな。細かいところのミスや勘違いはあるだろうけど俺は探偵でもないし」

「わふ」

「ははは、そうでしょ？　暇つぶしにはなった。さて、ブラッシングはこのくらいかな」

「くぅん」

寝そべっていたエルティールが体を起こす。

ふるふると体を震わした後、床に座ったノーマンの周りをくるりと一周し、

「わっ……ははは、くすぐったいよ、エル」

「わふっ」

ぺろり、ぺろぺろ。

ざらりとした大きな赤い舌がノーマンの顔を舐め回す。

くすぐったさに彼は思わず笑ってしまう。

黒犬の姿の彼女の口はノーマンの頭がすっぽり収まるほどに大きく、少しでも牙が掠めたら首を裂いてしまうだろう。

けれどノーマンは気にしなかった。

笑いながら彼女を受け入れている。

「くぅーん」

「おっと」

●

ぺろりと最後に一舐めして顔を上げた時、彼女は姿を人間のそれに戻していた。

黒ではなく金の髪が体を伝って零れ落ちる。

無防備に倒れたノーマン・ヘイミッシュを赤い瞳が見つめている。

彼はぼんやりとした印象を与えるが、華奢かと言われると全くそんなことはない。

いつもコートを着ているから分かりにくいが元軍人で鍛錬を怠っていないから筋肉質だし、運動神経も良い。喧嘩を好んでいるわけではないが、弱いわけがない。

危ないスラムを歩いても危なくはない男だ。

頭だって良い方ということはエルティールが良く知っている。

《アンロウ》の事件を解決する時、エルティールが隣にいれば探偵役は彼だ。
魅力的な雄であると、彼女は知っている。
そんな男は今、自分の下敷きになっている。
そして彼女は思うのだ。
――ほんの少し力を入れたら、自分は彼を殺せるだろうな、と。
彼は人間で、自分はバケモノで。
バケモノである自分は彼を殺せる。
これはただの事実。
その事実を踏まえて、彼に傅いているのが自分だ。
それはなんというか――興奮する。
「くぅ」
「ん、はは」
ぺろりと顔を舐める。
無防備に、無邪気に彼は笑っている。
全く危機感がない。
そんな様子を見るたびに体の中心が熱を持つ。
彼は初めて出会った時からそうだった。

一年半前のことだ。
ある街の貴族の娘だったエルティールは、バルディウムに訪れて《アンロウ》になった。
突然、黒犬になって何も分からなかった自分は震えていた。
世界がひっくり返った、では足りない。何もかも変貌してしまった。
世界がではなく自分が。
震えて、怯えて。地獄に落ちたと思った。
自分だけが地獄にいると思った。
そんな自分を彼は拾ってくれたのだ。
その時のノーマンは、その犬が《アンロウ》ということも気づいていなかった。
ただの何気ない気まぐれ。
その気まぐれに彼女は救われた。
異能の使い方を学び、ノーマンの相棒として事件の解決をするようになった。
別に、自分以外の《アンロウ》はどうでもいい。
どうでもよくないのは三人ほどいるが、それは置いておいて。
「ノーマン様」
「うん？」
顔は目と鼻の先。

赤く輝く瞳が薄いブルーの瞳を捉える。

豊かな双丘が彼の胸板で柔らかく潰れ、呼吸と共にわずかに、けれど確かにその感触を伝えていた。変わらず両肩に置かれた両腕は白く肉感的に伸びている。長い髪が天然のドレスとなり透き通るような背中を覆い、マシュマロのような大きいお尻に散っていた。

その手だって、力を入れれば彼の肩を砕くことが可能だ。

巨体や反転する瞳、大量の肉を好む趣向はそうだし、嗅覚は人の姿でも犬並みであり、身体能力も高い。

「ふふっ」

「？　楽しそうだね」

「えぇ……はい、とても」

体が揺れ、潰れた胸が弾む。

「……目の保養になるね」

「あら」

「柔らかいし、すべすべだ。主に理性とかに対してね」

「────うふふ」

この人は、エルティールを恐れない。

人間の皮をかぶった自分も。バケモノのまま、ありのままの自分も。

エルティール・シリウスフレイムをありのままに受け入れてくれる。
傍(そば)において、お世話をすることを許してくれる。
自分が少し気まぐれを起こせば死んでしまうのに。
それも悪くないと言わんばかりに無防備だ。

「――ん」

ぺろりと、首筋を舐(な)める。
ぴくりと、彼の体が震えた。
舌に感じる汗と肌の味。
その下の血はどんな味がするのだろう。
気になるけれど、知りたくない。
彼は自分を人間として扱ってくれるのだから、味わうのは血でなくていい。
「それでは、ノーマン様。ブラッシングの次はシャワーをお願いします」
首筋から耳元へ唇を動かす。ぷるんとした唇から熱い息が漏れた。
瞳の色が反転し、強い感情の昂(たか)ぶりが瞳から揺らめく黄色の光を漂わせ。
地獄であろうと焼き尽くすような熱を込めて。
ありったけの忠誠と獣性を秘めながら囁(ささや)くのだ。
「どちらの姿でも構いませんが――どうか、ありのままの私をご覧ください」

インターバル　2

「ふむ……《魔犬(シリウスフレイム)》だが……君はあれなのか？　肉食動物が目の前で舌なめずりしていても気にしないのか？」

「男ってついつい危険に誘われちゃうものだから」

「そういう場合の危険とは物理的なことではないと思うがね!?」

どこまで本気なのか分からない頷(うなず)きはしみじみと。

ジムはまたちょっと引いた。

引きながら事件に関する報告書に目を落とす。

「ふふん？《位階Ⅱ(カテゴリー)》の《アンロウ》が起こした事件としてはそこそこだったねぇ。被害者五人で済んだのはだいぶマシだ。問題は、この街で金の消費が激しかったアンティークマニアの貴族連中からの文句だ。君のいう『お貴族様』――ブロント・バイロン、彼は中々やり手だったからね。私も何度か彼から調度品を購入したことがある」

さらにと、彼は言葉を重ねる。

「あの《咆哮(ほうこう)》のせいで善良な一般市民は恐ろしい獣の存在に怯(おび)えることになった。元々あった怪物の噂(うわさ)に重なった通り魔に、謎の咆哮(ほうこう)だ。不要な都市伝説がまた生まれてしまう。これも

《アンロウ》を秘匿する『カルテシウス』からすれば問題ありだよ」

「知らないけどねそんなの。そのあたりの調整、姉さんの仕事だし」

「残念！　いつだってしわ寄せが来るのは現場の人間だよノーマン君！」

「……」

ため息を吐(つ)いたノーマンにジムはテンションが上がった。

「さてさて。《正しき五爪(カノニカルファイブ)》か。『カルテシウス』の命名法則とは違うが、まぁ悪くない。《切り裂き魔(ザ・リッパー)》とでも呼ぶかね。ある意味において、逸脱した精神から生じる正義感と義務感。虐(しいた)げられたがゆえの歪(ゆが)んだ発露。まぁ、よくあるケースだ。爪が固くなるのは地味だが悪くないな。娼婦(しょうふ)というなら色々使い道がありそうだしね」

言って、ジムはノーマンの様子を窺(うかが)った。

だが彼は笑みを消して、気だるそうに椅子に体を沈めているだけだった。

「ふむ？」

一つ頷(うなず)き、

「知っての通り使える最低基準は《位階Ⅱ(カテゴリー)》だ。暫定とはいえ、異能と精神の安定。これは大きい！　とりあえず指示を出せるようになるからね！　ちゃんと言うこと聞くかは別にして！」

「ダメじゃん」

「それはそうだ！」

叫び、ジムは腕を広げて、

「ゆえに、『カルテシウス』で飼われる《アンロウ》はなるべく《位階Ⅲ》が良い！」

話は次に進む。

「《位階Ⅱ》から使えるとは言ったがぶっちゃけこのレベルは当てにならない！　ちょっと誘導できるかなくらいだ！　だぁが！　《位階Ⅲ》はそうではない！」

「テンション高いね」

「高まるとも！　《位階Ⅲ》からが本番だよ！　精神は勿論、異能が安定することにより、その能力の応用が可能となる！　能力の拡張、範囲の拡大、対象の指定等々！　《位階Ⅲ》が起こす事件ともなればそれ以下のレベルとは被害はくらべものにならない！」

ノーマンは思い返す。

シズクの《残響涙花》からの過去視や未来視、エルティールの《黒妖魔犬》による獣化状態の人語会話、振動咆哮も《位階Ⅲ》ならではの応用だ。

ジムのテンションと語りは鬱陶しいことこの上ないが、内容は正鵠を射ている。

「実際に君が遭遇した三つ目の事件、『怪盗』騒ぎはまさに《位階Ⅲ》の《アンロウ》によるものだった！　結果的に、バルディウム内で幾つもの価値あるものが盗難に遭い――おまけに、バルディウム博物館の破壊による閉鎖だ！　君が今尋問を受けている理由の一つだね」

「ふぅん」

「というか通り魔の噂から規模が大きくなりすぎじゃないかね？　ただでさえ最近うちの捜査員が謎に死亡と失踪して、人手不足で困ってるんだよ。どうしてくれるんだ」

「仕方なかったんだよ」

「わははは！　まさに犯人のセリフだねぇ！」

そして。

「それでは次の尋問だノーマン君！　この街に現れた《怪盗》！　それにどう立ち向かったか！　《宝石》を携えた君がこの傾奇者とどうはしゃいだか！」

問われたノーマンは、拘束された手を何度か開いて、握ってを繰り返した。

束縛する縄は、当然束縛したまま。

「はしゃいだ、か。言いえて妙だね」

だって。

「これはそう――――青春の話だったからさ」

第三幕
踊る怪盗
The Dancing Phantom

女は何をするべきか迷っていた。

するべきことがあり、そのために動いた。

そして、今。

「……なんと言った、お前？」

「降参です降参。参っちゃうな、強すぎでしょ。なので取引と行きませんか？」

己が使命の邪魔になろうとしていた男を叩きのめしたら、そんなことを言いだした。

女は苛立ちながら男に吐き捨てた。

骨の数本は折れているだろうに、へらへらと笑っている男だった。

「取引だと？　貴様とそんなことをして何の得がある」

「いや、ほら。どうも同じ事件を追ってかち合ったみたいな感じじゃないですか。だったら協力できません？」

「できんな。そんな必要があるとでも？」

女は自分の能力に絶対の自信を持っていた。

助けを借りるまでもない。

問題は自分で解決できる。

「いやぁ、そこは心配していませんけど」

でもと、男は笑う。

「このまま突き進んでいいんでしょうか」

「――何が言いたい」

女の顔が歪み、咥えていた煙草を噛み潰しそうになる。

このままでいいのか？

良いに決まっている。

突き進むことが彼女の使命だからだ。

そのはずなのだ。

「いえ、どうにも苛立っているような、迷っているような感じがしたので。俺は、貴女ほど有能ではないかもしれないでしょうけど、情報色々ありますよ――貴女みたいな、特別な異能を持つ人とか」

「……お前」

「ええ、そうです。知っています、きっと貴女より。だから力になれます」

何よりと、男は笑う。

「貴女が為すべきことを迷わせない手伝いが、できると思いますよ」

●

ロンズデー・エンハンスダイヤ。

褐色の肌に前髪に赤色が一筋入った黒い髪の女。胸元あたりまで伸びる左右非対称な髪は自分で適当に切ったらしいのだが、しかし顔の良さと不敵な笑みのせいでそういうスタイルと錯覚させてしまう。

男物のシャツとズボンをサスペンダーで繋(つな)ぎ、羽織るジャケットは袖を通さずに肩掛けで。ズボンは右脚の丈を、股下から大胆に切り落としている。

威風堂々と天衣無縫が掛け算して服を着ているような存在だ。脚はモデルのように長く、腰はきゅっと括(くび)れ、豊満な胸はその存在を主張し、ピンと伸びた背筋は舞台女優のようでもある。

どこにいても、全ての中心に立つかのように。

当たり前のように周りから注目され、時に喝采を浴び、しかし周囲の声には全く耳を傾けず。

何があっても自分を曲げない金剛石。

ノーマンの顔を見て、開口一番そう言った。

「よう、ノーマン。そろそろ来ると思っていたよ。煙草(たばこ)くれないか」

三人くらい座れそうなソファの真ん中にふんぞり返り、目の前の机に長い脚を乗せながら。

ローテーブルの上には大量に吸い殻が溜まった灰皿に酒瓶。見慣れたダウニー通りの食堂のテイクアウトの空箱、新聞が散乱している。散らばっているのは机の上だけではなかったが。

「…………はぁ」

そんな惨状を見てノーマンはフェルトハットに手を置きながらため息を吐いた。

ロンズデーの家は三階建ての廃墟の最上階にある。

元々は密造酒ギャングの倉庫兼別荘的なもので内装は妙に趣向が凝らされていた。

三ヶ月ほど前に一人でそのギャングに殴り込みをかけて壊滅し、そのまま住居として使っているのである。シャワーやトイレなんかは使えるようにしているが、当時壊れた一階と二階の窓ガラスはノーマンがわざわざ発注しなかったらずっとそのままだっただろう。

とにかくものぐさなのだ。

それは分厚い麻のゴミ袋片手に部屋のゴミを回収するノーマンを見ながら、変わらずソファの前で煙草を吸っている姿で一目瞭然だ。

「ロンズデーさん、いつも言ってますけど自分でもちょっとは片づけしてくださいよ。前に俺が来た時から一回も片づけてないでしょ」

「ふふん、何を言うかノーマン」

酒瓶やら紙屑やらをゴミ袋に放り込むノーマンにロンズデーは手をひらひらと振る。

「そんなことをしたらノーマンの作業を奪ってしまうじゃないか。社会的に無職という居心地の悪さは私も分かっているつもりだぞ」

「俺の仕事は家事手伝いじゃないんですけど」

「だから奪わないんじゃないか。お前の愛を拒否するほど私の胸は狭くないぞ。むしろ大きい」

「……」

「私の胸はとても大きい」

「なんで言い直したんですか」

わざわざソファに膝立ちになって胸を張る彼女に思わずノーマンはため息を吐く。

第三ボタンまで開けているシャツから褐色の膨らみが覗いていた。

視線が行きそうになるが、揶揄われて面倒になるだけだからノーマンはゴミの回収を続けた。

「流石にどこぞの忠犬には負けるが。だがまぁ張りと弾力は勝っていると思わないか？」

「少なくとも俺の疲労度という点に関しては比じゃないですね」

「ふっ……」

「そこで勝ち誇らないでください」

ぶつぶつ文句を言いながら、目につくゴミを集めて、一階まで開いている縦穴に放り込む。

ノーマンの下宿先のリビング二つ分くらいの広さの端っこにある幅二メートルくらいの穴だ。

ゴミ袋に分厚い麻袋を使っているのは三階から落とすことを前提としている。

この後再回収して中身を捨てて、上まで持ってくるのはノーマンの作業だった。

一通り終えてロンズデーの向かいにある椅子に腰かける。年季は感じるがそれなりの豪華な椅子だ。ギャングのボスが座っていたものだが、豪華すぎて座り心地は微妙に悪い。

ロンズデーがこっちに座れよ、と思うがそのあたり彼女の気分だろう。

「それで、最近はどうですかロンズデーさん」

「玉虫色の質問だな。だが応えてやろう。先週ポーカーで賭けをしたら全財産摩った。帰りにチンピラに絡まれてむしゃくしゃしたのでそいつらのチームを潰して巻き上げたがそれでも赤字だったかな。酒と煙草は手に入ったからトントン……でもないか。安酒だし薄かったな」

「とんでもない最近ですね」

チンピラを締め上げた彼女はほとんどその同類だ。安定的な仕事はなく、日々の大半をこの部屋で酒を飲み煙草をふかしているか、ギャンブルに精を出すか、チンピラからカツアゲをするかだ。羅列するとダメ人間だが、実際知る限り誰よりも自堕落な生活をしている。

なのに、廃墟のソファで煙草をふかし、酒瓶を咥えるロンズデーは妙に絵になった。

悲壮感がないからだろうか。退廃的な美がそこにある。

基本的に何をしても絵になる女なのだ。

「そもそも医療用のアルコールを原液から飲むのにしたらどんな酒でも薄いでしょう」

「それくらいじゃないと酔えんからな。あぁ、でも煙草は良かったな。わざわざ自分たちで作ってな。気に入ったから週に一回献上するように言いつけた。ついさっき吸いきったよ」

「はぁ。ヘビースモーカーのロンズデーさんがそのあたり計算してないのは珍しいですね」

「いいや、計算して吸いきったさ。今日お前が来ると思ったからな」

ふふんと、彼女は鼻を鳴らし、ノーマンが買ってきた煙草を深く吸い込む。

そしてノーマンが来た時から既に机の上にあった新聞に視線を向けた。

日付の違うものが五部。

「今月入って四件。おまけに未解決事件。警察は無能揃いだが仕事をしないわけではない、なのに解決できないということは普通の調査では解決できない案件だ。そして、昨日五件目の予告が出た。となれば、お前が駆り出されて私のもとに来るというのは解りきっている」

「…………流石ですね」

「初歩的な推理だよ、我が助手よ」

「…………」

もっと言うタイミングなかったか？　とか流行ってるのかそれとかノーマンは思った。

「まぁ、そういうことです。ロンズデーさん向けの仕事ですね。なにせ――――怪盗ですよ」

「ふん、冗談みたいな肩書だ」

「冗談みたいな仕事をしてる人が言いますか？」

「それで？」

促され、椅子に掛けておいたコートからファイルを取り出そうとする。

だがノーマンが語りだすよりも先に、彼女は口を開いた。

「予告状と共に怪盗はバルディウム市内の骨董屋、美術館、図書館、市役所からアンティークやら芸術品を盗み出している。最初の骨董屋はいたずらだと思って相手にしなかったがまんまと盗まれて、それ以降の事件では警察と連携して警備を強化したが全く効果は無し。怪盗の人影を見るくらいはしたがどれも盗まれた――これ以外の新情報が欲しいところだ」

つまらなそうにエメラルドグリーンの目を細め、細い指を突き出した。

「ほら、さっさと出せ。あるんだろう？」

形の良い唇が弧を描く。獲物を目の前にした狩人のような笑い方。

分かっていたが、何もかも御見通しらしい。ファイルの中に挟まれた封筒を彼女に手渡した。

「ほう、流石に私も初めて見たぞ。いいな――予告状か」

真っ黒な封筒に真っ赤な封蝋。封は既に切られている。

「姉さんの命令で刑事さんがだいぶ無理して確保したものなんで大事にしてくださいよ」

「アレは無理をするのが仕事だ。……ふむ」

ロンズデーはすぐには封筒の中身を見なかった。

封筒自体を何度もひっくり返したり手触りを確かめたり、匂いを嗅いだり。

「上物だな。バルディウムでは売っていない。ポートクオリのだ」

ポートクオリというのはバルディウムから列車で数時間ほど掛かる都市の名前だ。

海に面した港湾都市であり、同時に多くの街と線路を繋げた商業都市でもある。

国内外を問わず多くのものが集まる大都市なので、品ぞろえはバルディウムの比ではない。

「ポートクオリの便箋専門店で買えるみたいなやつらしいです。蠟の方もそうですね」

「結構。……ふむ」

小さく頷いてから中身を取り出した。二つ折りにされた白い便箋。四隅に特徴的な羽ペンを模したマークがあるのは、その店のシンボルらしい。

開けば当然、予告の内容が。


　来る満月の夜、バルディウム博物館よりブラッドダイヤを頂戴する。

　諸君らの健闘を期待しよう。

——怪盗ティスル

怪盗ティスル。

それがいま街を——正確に言えば金持ちや噂好きを騒がせている怪盗だ。

ちなみに満月の夜といえば明日だ。

「三十万ステルもする宝石らしいですね。バルディウムの博物館じゃ特に価値が高いとか」

「好事家に売れば十倍は下らんだろうな。オークションに掛ければ跳ね上がる。なるほど、これまでの四回はデモンストレーションで本命はこれか……」

頷きながら彼女は封筒と同じように手紙をひっくり返し、匂いを嗅ぎ、文字の表と裏から指でなぞって感触を確かめていた。その様子をノーマンは眺めている。

翡翠の瞳は細められているが、口元の笑みは変わらないままだった。

「何か解りました？」

「犯人は女。義賊ではなく、警察も博物館も馬鹿にしているが賢い。自意識過剰で傲慢で、人を見下している。努力を厭わないし几帳面。二十代から三十代。去年の春にポートクオリに訪れているが今はバルディウム在住。《アンロウ》能力は『逸脱態』か『歪曲態』のどっちか」

一息に告げられた言葉にノーマンは驚きをなんとか呑み込んだ。

「……ちなみにどうしてそう思ったんですか？」

「おいおい、少しは考えろよ」

口端をゆがめながら、彼女は煙草を灰皿に押し付けてから立ち上がった。

ソファに掛けてあるジャケットは袖を通さず肩に掛けてから、スナップを利かせて二本の指で予告状をノーマンに投げる。

流石に掌で挟んで受け止めた。

「どうします？」

「決まっている。博物館だ。いいね、楽しくなってきたぞっ！」

真面目なことを言ったと思ったら軽く飛び跳ねて拳を握った彼女にノーマンは肩を竦める。

やっぱり適当に。

こうなると解っていたから。

ロンズデー・エンハンスダイヤ。

安定収入はないが。臨時収入ならある。

なぜなら彼女の本職は——探偵だ。

「行くぞノーマン、探偵と怪盗。果たして勝つのはどっちか——或いはバケモノとバケモノの知恵比べだ。最高に笑えるじゃないか」

●

バルディウムの中心街をロンズデーは颯爽と長い脚で真っすぐ闊歩していた。

隣には勿論ノーマンが。

「あの便箋はポートクオリのプリンス・プリンセスという専門店が、我がブリステン国の王女、ヴィーリア殿下の二十歳の誕生日と店の創立二十年がちょうど同じだったから去年一ヶ月ほど限定で販売していた限定品だ」

煙草をふかしながら彼女は言う。

「ポートクオリの若い貴族や金持ちの女性を中心にそれなりに流行った。恋文としてな」

「だから二十代から三十代の女性？」

「いや女と思った理由は他にもあるが。おそらく二十代前半だとは思うが三十後半にもなって女子気取りの痛い女もいる。年を食えば年を食うほど重ねた年代に固執するものだ。三十後半より上ならもっと老舗で限定品ではないものを使うだろう」

酷い言い草だった。

「それだとロンズデーさんはどうなるんですか？　女子、少女、女？」

「私は美女だ」

「否定はしませんけどね。ならシンプルに二十代前半とかでいいんじゃないですか？」

「便箋だけならな。それは後で解説してやろう、もったいぶるというわけではなく順番の問題だな。材料の出所の話をするならインクはバルディウムのだ。文字の艶や照り、インクの滲みで分かる。便箋はポートクオリで買ったが、インクは普通に街で買っていてということは日常的にインクを使っているんだろうな」

「それなら仕事を絞れる……わけじゃないですね。そんな仕事いくらでもある」

「そういうことだ。だから言わなかった」

「はぁ。それなら性格は？　欲を満たす為だとか自意識過剰とか色々」

「欲を満たす為、義賊の類ではない、警察も博物館も馬鹿にしている、賢い、自意識過剰、傲慢、人見下しがち、努力を厭わないし几帳面」

ロンズデーは発言を短く正確に繰り返す。

「単純な話だ。怪盗なんて名乗っている上に『健闘を期待しよう』というのは警察や博物館への挑発でしかない。ただの義賊なら他を狙う。貴族どものへそくりでも狙えばいい」

「確かに。どう考えてもリスクが高い」

「几帳面というのは一年前に買ったであろう便箋なのに保存状況が良かったということだ。最近まで未開封で厳重に保管していたはず。どうして最近始めたのかは知らんが、それまでしっかり待って準備をしていたわけだな。インクをわざとらしいと言ったのはそういうことだ」

「えーと……たまたま買って忘れてて、怪盗やろうとして思い出して使ったとかは？」

「つまらん。……そんな目で見るな。こんな手の込んだことをするやつだぞ？　しっかり準備しているし、予告状なんてリスクの高いことをするなら理由がある。後は便箋の内容だな」

「うーん、文字とか？」

「もっと正確な言い方がある。ちなみにこれは誤魔化せるから言わなかったが犯人は両利きだ」

「えぇ……？　筆跡？」

「惜しい、筆圧とインクの滲みだな」

楽しそうに彼女は笑う。

「綺麗な字だったが良く見ると一文字置きに極わずかだがインクの滲み方が違う。裏面の字の跡もな。奇数文字と偶数文字の字の止めや払いにパターンがあり、偶数文字の方が若干筆圧が強く、滲みも大きい。つまり偶数文字は本来の利き腕と逆で書いて、奇数文字は本来の利き腕で書いた。私が凝視して裏面をなぞって気づけるレベルだから仮に犯人が目の前にいても分からんだろうし、日ごろからどっちかしか使ってないということもある」

「……なんでそんな面倒なことを」

状況を想像して頭が痛くなった。

怪盗は態々両手でペンを握って、一文字一文字交互に字を書いた？

「楽しんでるんだろ」

謎解きを楽しむ自分と同じように――そう繰り返した笑みはさらに濃くなる。

「あの封筒と便箋には山ほど犯人の情報がある。気づいてくださいと言わんばかりにな。これだけ仕込めるなら、何も仕込まないのも簡単なはずだった。なのに予告状を出した。全部の情報をひっくるめて一言で言い表すなら言葉通り――『健闘を祈る』、だ」

にたにた――にたり。

浮かぶ凄惨な笑みに通行人がぎょっとして道を空けるが、彼女は気にしない。

ここまで楽しそうにしているロンズデーも久しぶりに見た。

饒舌な彼女だが封筒一つでこれだ。

これから先どうなるか想像してみるが多分想像以上になるだけだろう。

別に、嫌ではないし。

「ノーマン。喉が渇いた、酒をくれ」

「はいはい」

コートの内側から医療用アルコールが入ったスキットルを取り出して手渡す。普通の人間がやれば卒倒しそうだが、彼女は普通ではない。推理力が、ではなく存在そのものが。

「ははは、《アンロウ》の能力に関しては？」

「これはお前の方が詳しいだろ。まぁいいが、私の美声を聞きたいと言うがいい」

「ロンズデーさんの美声と解説いっぱい聞きたいです」

「よかろう。私が怪盗なら同じことをやる。性格が破綻しているからな」

「…………」

聞きたくなかった。

「小生意気な『妖精』でもやる。まぁ、アレの場合もっと性質が悪いだろうが。引きこもりも『涙花』と良い子ちゃんぶってる『魔犬』はやらない。そういうことだ」

「…………黙秘権を行使します」

「弁護人を呼ぶなら私にしておけ。女を弄んだ罪でどうだ？」

「ある意味光栄な罪ですね。というか弁護人が罪を決めるんですか？」

「私が法だ。安心しろ、有罪で無罪だ」

ロンズデーは笑い、ノーマンは肩を竦めた。

「でもロンズデーさんはこれまでも《アンロウ》についての推理をしたでしょう？」

なんだかよく分からないけれど。

とにかく――――ある。

存在するなら観測できる。観測するなら推理できる。かつて彼女はそう言ったし、実際推理したのを何度も見ている。期待を込めた言葉だったがロンズデーは肩を竦めた。

ノーマンがやるといい加減にしか見えないのに、今度はロンズデーがやると絵になる。

「必要とするべき情報も無しにただの思いつきを言葉にするのは嫌いだ」

カツンと、音を鳴らしてロンズデーは足を止め、つられてノーマンも足を止める。

視線の先には明日の夜、怪盗が盗みに来るであろうバルディウム博物館。

「犯人は場合によってはただの人間かもな。いや、訂正しよう。極めて賢くて性格の悪い人間だ。《アンロウ》だったとしたら……そうだな、時間停止とかどうだ？　それなら事件の詳細にも理由がつくぞ？」

「思いつきを言うのは嫌いなのでは？」

「ククク」

「……楽しそうですねぇ」

「そう見えるか?」

「まあわりと」

「ふふん。小説とかじゃない現実の『怪盗』だぞ? 一回対戦してみたかったんだ」

ちょっと珍しいくらいのテンションの上がり方だった。

推理に関して饒舌になるのはいつものことだが、それに関して冗談を言ったり、先程みたいに飛び跳ねたりするのはあまり見たことがない。

まぁ、やる気があるのは良いことだ。

無理をしないか心配ではあるけど。

博物館の入り口にはハリソンがいて、憮然とした顔でこちらを見ている。

「最後に確認だ、ノーマン。怪盗とお宝、どっちを優先するべきだ？　犯人は生かすか殺すか？」

「とりあえず、ロンズデーさんの命を優先で。生かしておいた方がいいですけど、ロンズデーさんが死ぬなら殺して良いです」

そして、彼女は今日一番の笑みを浮かべた。

「ではその方針で調査を始めよう」

「…………エンハンスか」

ロンズデーの顔を見た途端、普段仏頂面な顔をさらにしかめて苦々しげに呟いたハリソンは碌な挨拶もせずに博物館に入る。片手には少し分厚いファイルが。

あまり会話をしたくないということは明白だった。

博物館の中は数人の警備員や警察官による緊張感で満ちていた。今日明日は予告のせいで閉館していて静まり返っている。犯行間近ということもあって、警備員たちは緊張の面持ちで今からもう目を光らされている。

正直意味があるとは思えないが、警察も警察で仕事を放棄するわけにはいかないのだろう。

「どうする？」

「えーと……ロンズデーさん？」

「例のダイヤの置き場所と一回目に盗まれたという首飾りが置かれていた場所が見たい。それからハリソン、この博物館の見取り図はあるか？」

「ある」

「結構」

渡された見取り図によればこの博物館は三階分のフロアがある。地下一階と地上階二階。地下は保管庫や事務室といった職員向けのフロアであり、地上階はほとんどが展示スペース。

「ちゃんと返せよ」

「覚えたのでもう要らん。行くぞノーマン」

ロンズデーはぞんざいな仕草で見取り図を返して歩き始めた。

静かな館内に靴音を響かせ堂々と歩く美女。警備員や警察官が驚いた表情で見ているが止められることはない。ハリソンが事前に話を付けているのだろう。

「……はぁ。頭が痛い。曰く付きのダイヤを必死こいて守るなんて馬鹿らしい」

「曰くを差し引いても、それ以上の価値があるんじゃないですかねぇ」

まず向かったのは一階の展示スペース。

一番初めに盗まれた首飾りがあった場所。

この博物館は順路に応じた小部屋があるタイプで、首飾りがあった場所は正直さほど重要視されているような場所でもなかった。博物館の眼玉というわけでもなく、何気なく歩いていたら適当に流して終わりそうな場所。小部屋の中央には長椅子があり、壁際にショーケースがあるだけで特筆することはないように見えた。

ロンズデーからすると違うのだろうか。

数秒彼女は見回して、

「もういい、次だ」

「はぁ」

すたすたと順路を進み、そのまますぐに二階へ。

今回ノーマンとロンズデーを引っ張り出す原因になった『ブラッドダイヤの指輪』の展示はついさっきの首飾りがあった場所とは随分と違った。順路の一番奥、博物館内で一番大きな部屋の中央にガラスケースに指輪が納められている。ダイヤモンドはちょっとした硬貨くらいのサイズがある大きなものだ。遠目に見ても照明の光を反射しているのが分かる。

ブラッドなんて名前がついているが、別に赤いわけでもなく透明な輝きを放っていた。

そんなダイヤを何人かが囲んでいた。

見るからに警察らしい二人組、高そうなスーツを着た初老の男、作業着の中年の男、温和そうな老婆に吊り目が印象的な女性、それから丸眼鏡の可愛らしい少女。

展示ケースを囲んでいる彼らを見たハリソンが眉をひそめて前に出た。

「ちょっとちょっと……オリヴァーさん。なにしてるんですか、困りますよ」

「レナードか」

声をかけられた中年の刑事がハリソンをじろりと睨む。

少し小太り、強面で頭髪の薄い彼はハリソンからロンズデーとノーマンを順番に睨み付けた。

ロンズデーに対しては少し長めに。敵意満々という気持ちを丁寧に表してくれている。

「困るのはこちらのセリフだ。お前らの都合はあっても俺らにも警備の都合がある。好き勝手されても困る……特に女の癖に探偵なんてやってるお前にはな」

「相変わらず頭が固いようですな、オリヴァー警部」

対し、ロンズデーは、彼女にしては丁寧な口調で返す。

彼はバルディウム署の警部であり、如何にも現場第一主義という感じの頑固な男だ。スーツはそこそこ質も良く、いつもは顔に似合わず清潔感のある男だが今日は妙にくたびれていた。

警部ということでハリソンにとっては上司にあたるのだが、この辺りは色々ややこしい。

『カルテシウス』の協力者である彼の権力や権限は通常の警察とは別の領域にある。

それによって《アンロウ》の事件に関してノーマンたちに調査資料を渡したり現場に連れ出してくれるのである。基本的にノーマンは警察が一通り調査し終えて、お手上げになってから仕事が回ってくるので現場とバッティングすることは少ないが、たまにこういう時もある。

組織として話が通っていても、現場に干渉されるのが気に食わないのだ。

「頭が固いせいで奥さんが逃げ出したのでしょう。寂しさで愛犬に構ったり、好物を好きなだけ食べるのもいいですが、自分の非を認めて頭を下げないと戻ってはきませんよ」

「…………余計なお世話だ」

さらりと個人情報を言い当てられたが、オリヴァー警部は苦々しげに言い返しただけだった。

「えっ⁉ 何で警部の奥さんと娘さんが出て行ったことを⁉」

「余計なことを――」

「どうしてと聞かれれば見れば分かるという話です。そちらのオリヴァー警部と最後に会ったのは二週間前ですがその時より太りましたね。おそらく最近急に太ったのでしょう。ベルトの皺を見れば普段よりも二サイズ緩めているのが分かる。彼は現場大好きで運動不足ではない。ということは精神的なストレスによる一時的なもの。料理のできない男性が短期間で大量に食べられて太れるのならフィッシュ&チップスが分かりやすい。左手の結婚指輪、随分と綺麗ですね。女々しいことに何度も触っているうちに指の脂で磨かれたのでしょう。さらにこれまで会ったオリヴァー警部はいつも質が良く手入れされていたスーツを着ていました。よくいる男尊女卑、亭主関白な男ですからこれまでは妻にやらせていたはず。着る物も選ばせていたはず。なのに今日は随分とくたびれていますね。襟元や袖に油染みやケチャップの汚れが新しいのも古いのも付いている。セットがつきものですが一応ね。つまり碌にアイロン掛けもしていないし洗濯だってできていない。ズボンのすそに犬の毛がついていますが、位置を見るに小型犬でしょうね。家に帰って洗濯や掃除も億劫だけれど、犬には構ってもらっている。犬とじゃれる余裕はあるのに掃除や洗濯はできていない。つまり、奥さんに出て行かれて身なりを整える余裕はないがストレスでフィッシュアンドチップスをやけ食いして太った。奥さんは、夫の理不尽に耐えかねて家を出た――反論は？」

「……洗濯をしてないわけではない」

「適当に洗剤を使った程度でしょう。染み抜きは知らないようだ」

――しんっ、と寒々しい沈黙が降りる。

誰だこいつ、という視線に畏れのようなものが混じっていた。

オリヴァー警部は人間が表現できる苦々しさの上限を表してくれている。

「さて皆さん」

ぱんと、手を鳴らす。

芝居がかった仕草に誰もが彼女を見る。

ブラッドダイヤの為の部屋はいつの間にかロンズデーの為の部屋に。

「もうお気づきでしょうが私はロンズデー・エンハンスダイヤ、探偵です。今日は怪盗事件のアドバイザーとしてここに呼ばれました。二、三質問したいことがあるだけですのでご安心を。皆さまを実は怪盗だなんて疑っているわけではありません――今のところはね？」

●

「酷いことしますねぇ、オリヴァー警部に」

「あれはパフォーマンスだ」

博物館の外。

右手をポケットに突っ込み、左手の指に挟んだ煙草(たばこ)の灰を落としながらロンズデーはつまらなそうに呟(つぶや)いた。

「所詮部外者だし私は警察に嫌われているからな。あぁして場を支配したかった。でないとまともに聞き出せん」

「あぁなるほど。でも、あれでよかったんですか？」

なぜなら、

「全員と握手しただけで終わったじゃないですか」

そう、彼女は挨拶としてあの場にいたオリヴァー警部以外の全員と握手をした。

そこから質問が始まると思ったら、急に用事を思い出したとか言い出してすぐに博物館を出たのがさっきのこと。オリヴァー警部もハリソンも追ってはこなかった。

ノーマンにしても疑問だ。

「あぁ……だって怪盗の正体が分かったからな」

「へぇ、なるほど――――んん⁉　今なんて⁉」

「怪盗は分かった。だからあの場で聞くことはなかったし、挑発までされた」

「はっ……⁉　いや……握手しただけですよね」

「あぁ、そうだ。全くつまらん」

「封筒の推理から握手だけで分かったんですか？」

「あの推理は全く無駄になったな、それもムカつく」

「はぁ」

しかし、なら聞きたいことは一つしかない。

「誰かって聞いてもいいですか？」

「別に誰かはどうでもいいだろう」

ロンズデーは長く煙を吐き、

「萎えた」

投げやりに言い捨てた。

「『妖精』あたりに投げれば良い。あれなら向こうの思惑を最悪の形で潰すだろ」

「ロンズデーさんと俺の仕事なんですけど。せめて他の現場くらい見に行きましょうよ」

「不要だ。異能のタイプも位階も分かったら、推理も何もない」

「……そんな急に興味を失うことあります？」

「まさに今そうなっているだろ」

「いやほら、他の現場見たら、ちょっとは面白いかもしれませんよ？」

「つまらん！　探偵業は終わりだ！」

廃墟の三階に帰って来たロンズデーはジャケットをソファに放り、ワインレッドのシャツもぞんざいに脱ぎ捨て、ソファに乱暴に腰を落としながらそう叫んだ。

「全く……ティスルだと？　ふざけおって。全く以て期待外れだ。推理ゲームが楽しめると思ったのにいつもの《アンロウ》と大して変わらん、ノーマン！　酒！　煙草！　飯！」

「投げ捨てたジャケットの中でしょう。飯はありますけど」

「飲ませろ、咥えさせて火をつけて食べさせろ。女王陛下に傅く騎士のように恭しくな」

「騎士はそんなことしませんよ」

「私の国ではそうするんだ」

「……女王陛下万歳」

ふんぞり返る彼女の隣に座って、まずは酒を一口飲ませ、煙草を咥えさせて火をつけて、一吸いするのを待ってから帰り道にダウニー通りの食堂で買ってきたハンバーガーを食べさせる。

煙草と酒、彼女の汗、それに混じるロンズデーの甘い香り。

黒のわりと過激なランジェリーに包まれた褐色の膨らみには汗が滲み艶めかしい。

「今なら揉んでもバレんぞ？」

「バレてるじゃないですか」

「冷静に考えると明日の夜まで暇だ。ストレス発散で肉欲に溺れるのも一興じゃあないか？」

「魅力的な誘いですけど、報告書書かずにロンズデーさんに溺れたら姉さんに殺されますよ」

「ぬぅぅ……」

唸り声が紫煙とともに吐き出される。

「あらゆる面でムカつく女だ」

「子供みたいなことを言わないでください。探偵でしょう？」

「言っただろう、探偵は店終い中なんだ」

「そうでなくても俺の姉ですし」

「余計に殺したくなってきたな」

「なら俺の相棒として報告書書くのを手伝ってくださいよ」

「あぁ？」

「ロンズデーさんに話聞かないと何もできないんですから」

「…………ふむ」

彼女は包帯の巻かれた右手を顔の前に翳してから苦笑する。

「今の言い方は気に入った」

「まず前提として、だ。お前と出会ってから《アンロウ》の事件を対応したが。思うに、《アンロウ》というのは発現する能力によってある程度性格がプロファイリングできる」

下着姿のままのロンズデーは気怠げにソファに沈みながら言葉を紡ぐ。

「『カルテシウス』が定めている《アンロウ》能力のタイプは四つ。

精神や五感に影響を与える『潜伏態』。

自らの肉体を動物、或いは何かしらに変貌させる『変貌態』。

身体能力を向上させ身体特性を拡張・付与させる『逸脱態』。

自分以外の物体の性質を歪め、操る『歪曲態』。

これらはお前に対して言うまでもないだろう」

「そうですね」

これは《アンロウ》に関する基礎知識だ。

強度を表す『位階』と違い、純粋な異能の種類分け。

「まず『潜伏態』。こいつらは、コミュ障だコミュ障。他人との距離感を掴むのが下手で、性格は概ね内向的。コミュニケーション能力の欠落の仕方は人それぞれだな。人前では碌に喋らないのに、いざ口を開いたら悪口と煽りばかり出てきたりとか」

「…………」

コメントしづらかった。

「『変貌態』は異能の発現が最も派手だ。外見が全く別のものになるからな一度安定してしまえば見た目が変わっても中身は《アンロウ》になる前と変化が少ない。だから性癖がネジ曲がっていたらそれは《アンロウ》だからではなく本人の元々の性質になる」

「…………」

「『歪曲態』は異能が明確に他対象なせいか、名前通り他人にも干渉しがちだ。いるだろ、変に馴れ馴れしかったり、人に指図しがちなやつ。あれの究極形だな。とにかく世の中が自分の思い通りにならないと気がすまないし、だから他人にちょっかい掛けまくって鬱陶しい」

「…………」

「『逸脱態』……つまり私だが。価値観が極端に傾き易く、一度思い込むとそれから離れられない。共通した膂力の向上のせいか自分で何でもできると思っている。油断、慢心気味で他人を見下しがち。つまり性格が悪い」

「自分で言いますか？」

「私は顔と体と声が良いから結果プラスだ」

「…………」

結局コメントしづらかった。

だが、言わんとしていることは理解できる。

言い回しに悪意というか偏見というか誇張が混じっている気がしないでもないが、ある意味では分かりやすい。

「その上で、これだな」

丁寧に包帯が巻かれた手をひらひらと振りながら彼女は言う

「博物館で順番に握手したらあいつ、私の手を握り潰そうとしてきた。何故か？　挑発だな。私がどういう人間かを考え、あの場で指摘したり叫んだりしないと踏まえてそんなことをしてきたんだ。全く呆れかえる傲慢ぶりだな。一瞬で沸騰して私も相手の手を握り潰してやったが」

「それは帰ってくる途中にも聞きました」

「あー、そうだったか？　まぁ、ほら、お互いにやせ我慢していたがこのあたりの身体能力を常時発揮できて、こういう挑発をするのは私の同類しかできない。単純な話だ」

「全然気づきませんでした」

「…………わかったわかった。悪かったよ、次からすぐに言う。このくらい一晩寝れば治るからいいと思ったんだ」

「悪い癖ですよ、ロンズデーさん」

苦笑する彼女にノーマンはじっとりとした視線を向ける。

彼が彼女の手の怪我に気づいたのは博物館を出た後、犯行現場の図書館に着くところだった。ずっと右のポケットに手を突っ込んだままだったからおかしいと思ったのだ。すぐにコートに入っていた湿布と包帯を巻いて手当をした。元々医者の家で、軍にいた時は軍医もしていたのでそのあたりは問題ない。

問題なのは彼女が怪我したことを言わなかったということ。

犯人の正体よりもずっと大問題。

「ふふん」

少しだけ、彼女は包帯の巻かれた右手を左手で摩りながら笑った。

宝石を愛でるように。

いつも浮かべる凄惨な笑みではない、柔らかいほほ笑みで。

「その気持ちだけで大分満たされた」

「安いですねぇ」

「いいや、私は原則高い女だ。買い手は選ぶし、値段も買い手次第だが。他に聞きたいことは？」

「異能、なんだと思います？」

「物質の透過だな」

「ロンズデーさんの手を握り潰しかけたのに？」

「『逸脱態』の基礎能力だそれは。とにかくすり抜けだよ。おそらく壁や床やら好きにすり抜けられるんだろう」

「……その心は？」

「現場に何もなかった」

ハンバーガーを齧ってから、唇についたソースを指で拭う。

その指を舐める仕草が妙に扇情的だった。

「安心しろノーマン。これは自信がある」

「その心は？」

「相手が怪盗ティスルだから」

「はい？」

「くくく」

揶揄うように彼女は笑う。

一筋だけの赤い髪を揺らしながら。

「いや、お前は分からなくていい。愛でるのは宝石にしておけ。花でも犬でも妖精でもなくな」

「はぁ」

もったいぶっている。

まぁそれは珍しくもないので良いのだが、

「そこまで分かってるなら、ロンズデーさんがどうにかしてくれません？」

「話を聞いていたか？　こんなんだから、私は萎えたんだ」

一瞬だけ機嫌が良くなった気がしたが、すぐに逆戻り。

「いいか、ノーマン」

彼女は一つ前置きし、

「私はあの予告状を見て期待したんだ。なんなら本当にただの人間だったら良い、くらいにな。『怪盗』なんて名乗る酔狂な輩と推理ゲームができるかもしれないと。蓋を開けたらどうだ？　すり抜けなどという駆け引きも何も無い。私の期待を返せという話だ」

言うだけ言って寝転んだままに酒瓶を呷る。

「うーん、逆ギレじゃないです？」

「だから私じゃなくて良いだろ。あぁ、そうだ。来週『妖精』と首都に行くとか聞いたな。それを私と代わるのはどうだ？」

「どうだって言われましてもね。ていうかそれ俺も一昨日聞いたのになんで知ってるんですか」

返答に困る問いかけに肩を竦めて誤魔化しておく。思ったよりも彼女の萎え具合が著しい。

どうしたものかと考えつつ、

「異能に関しては分かりましたけど…………でも、ならなんで怪盗だったんでしょ」

「あぁ？」

「いやほら、その能力なら銀行でも忍び込んだ方がいいでしょ」

「『逸脱態』ゆえの傲慢だろう。警察を挑発していたしな。或いはもう趣味でもなんでも——」

投げやりの言葉が途中で止まった。

「ロンズデーさん？」

勢いよく起き上がった彼女は、顎に手を当て、

「…………どうして？」

その疑問を、小さく零した。

《アンロウ》と関わることにおいて、最も重要な問いを。

「なぜ怪盗になった？　金銭目的ならただ銀行強盗で良い。異能の慣らしか？　だがその割には一件目からそつがない。怪盗行為自体が目的だった？　趣味嗜好？　いやならあのタイミングで私に挑発をするのはおかしい。怪盗をやりたがる馬鹿が自ら正体を晒すのか？『逸脱態』ゆえの傲慢？　むしろ『逸脱態』の行動理念なら——」

言葉の羅列は急に止まった。

「ノーマン」

「はいはい」

「気が変わった。怪盗の相手は私がしてやろう」

にんまりと笑みを浮かべる。

それまでの欠片もやる気のない様子とはまるで別人。

「おっ？　探偵の復活ですか？」

「いや、探偵は休業のまま……でもないか？　ある意味では探偵の仕事か。ふふん、ちょっとは面白くなってきたな。いいぞ、褒めてやろうノーマン。お前は良い疑問を口にした」

「普通のことしか言ってない気がしますけど」

「それでいい。私の相棒ならな」

満足げに彼女は立ち上がった。

「やることができたな。まずは例のダイヤの扱いだ。レナードに働いてもらおう」

「また嫌な顔されそうですねぇ。ダイヤといえば……なんかすごい曰く付きらしいですよ？」

「ん？」

「ブラッドダイヤ、別に普通の大きなダイヤだったじゃないですか。なんでブラッドダイヤって言われてるかは知ってます？」

「血を浴びたダイヤ、だろ？」

「えぇ」

これは完全に与太話。

よくあると言えばよくある話。

バルディウム博物館に置かれた宝石は死を振りまく、みたいな。

元々どこかの国の国境あたりで採掘されたものらしく、その国同士で奪い合いそこそこの人が死んだ。その後も欲望の対象になり争奪戦で人が死に続けた。

ゆえにブラッドダイヤ。

血を浴びて、吸った血で輝くダイヤモンド。

「びっくりしたんですけどほんとにバルディウムでもこのダイヤの関係者で死人が出てるんですよね。この街への輸送指揮を直接執った人とこのダイヤを博物館に展示する渡りを付けた人。これ、怪盗と関係あったりしませんかね。調べればもっと死んでるかも。呪いのダイヤですよ」

「下らん。価値と歴史のある宝石だ、奪い合ったりして人が死んだりするだろう。呪いというのは事実の連続から来る人間の思い込みだ。人を殺す理由には金は十分だし、人は簡単に死ぬ」

「そりゃまぁそうですけど」

「西部帰りのお前には言うまでもないだろ」

「そうですねぇ」

適当に肩を竦めておいた。思い出したくない話だ。ダイヤについて掘り下げたかったけど、西部戦線の話はしたくないので適当に話をずらす。

「ダイヤ自体はどうですか？　嫌いじゃあないでしょう」

「芸術品としては嫌いではないな。装飾品としては要らん」

「その心は？」

「どんな宝石も私が着(つ)けたら霞(かす)むだろう」

彼女は笑う。

ぎらぎらと輝く宝石みたいに。

「さぁて――それでは解決編を始めよう」

●

怪盗ティスルは静かに床へと沈み込んだ。

それは泥の中に飛び込むような感覚だ。

ただしその泥はティスルの意思で固まり、好きなように歩ける泥。

博物館の屋上から軽い動きで屋根をすり抜ける。不思議なことに物質の中では呼吸はできるし、圧力は感じない。視界は働いていないが、なんとなく人間の気配を感じることはできた。

抜け出た先はバルディウム博物館二階、最も大きい展示スペース。

広い広間の中央にガラスケースが一つだけ。

煙幕は使わなかった。誰がいるのか分かっていたから。

なんとなく、感じる。人間と、同類の気配を。

背の高い褐色の女。

一房だけ赤が交じった黒髪。舞台女優のように威風堂々と煙草を吸うスタイル抜群の美女。男物のシャツと片足の丈を切り落としたズボン、ジャケットだけは袖を通さずに肩から羽織るだけ。

火がついた煙草を挟んだ右手には丁寧に巻かれた包帯が。

女と同じくらいの身長の少年。灰色の髪は首の後ろで結ばれている。

フェルトハットとコートにぼんやりとした表情は小動物を思わせる。

顔立ちは整っているが、同年代より年上の婦人に人気が出そうな雰囲気。

ロンズデー・エンハンスダイヤとノーマン・ヘイミッシュ。

「いつもだったら」

天井から急に現れたティスルにロンズデーは驚かなかった。

「どうして正体にたどり着いたか道筋を立てて推理を披露するのだが……今回は不要だろうし、そもそも此処でいいのか？　博物館だぞ？」

「――ひっひっひ、構わないさねぇ」

しわがれた、老人の声。

明け透けな言葉に怪盗から思わず声が漏れた。

それにノーマンがぎょっとして目を見開く。

自分の正体を話していなかったのかと意外に思いつつティスルは仮面を外した。

晒された顔に、ロンズデーは笑う。

「どんな性悪女が出てくるかと思ったが——とんだ性悪婆だったな、フィルジー・ミュール」

●

「ひっひっひっひ、お互い様だねぇお嬢ちゃん。私のことを教えなかったのかい？」

引きつけを起こしたような独特の笑い方をする怪盗の素顔は老婆だった。

小柄な体にサイズを合わせながら、年齢を知るとミスマッチな燕尾服とマントにシルクハットは怪盗と聞けばイメージするそのままの恰好。

名前と顔は一応記憶の片隅にあった。

昨日この博物館にいた時、オリヴァー刑事と一緒にいたうちの一人だ。

「……驚いた」

それは二つに対して。怪盗の正体が老婆だったということ。

そして、これだけ高齢の老婆が《アンロウ》であるということ。

この一年半、様々な《アンロウ》を見て来たが、ここまでの高齢者は初めてだ。異能に覚醒するのは概ね十代後半から二十代くらいが多いというのが経験則だ。

勿論全員がそうでもなく、知っている限りこれまでの最高齢は五十程度だったが、明らかにそれを更新していた。

フィルジー・ミュール、どう見ても七十とかそこらだ。

「誰か、というのはどうでもいいんだよ私たちはな」

「おやおや。探偵というから昨日みたいな推理を期待したんだけれどねぇ」

「どの口が言うか」

煙草を挟む指に力が入る。昨日怪盗に砕かれた手。

「ふむ。わしと同類ならもう治っているものだと思ったが」

「はん、治っているに決まってるだろう」

だが、と優しい目でロンズデーは笑う。

「お守りさ」

「安いですねぇ」

少し恥ずかしかったノーマンは誤魔化すように肩を竦めておいた。

「ひひひ、お熱いねぇ若者は」

「お前は年寄りの癖にファンキーすぎる。なんだ、あの予告状は」

「あぁ……あれかい。あれにはがっかりだったよ」

肩を落とし、彼女は失望や呆れが混じった嘆息をする。

思っていたものとまるで違ったと言わんばかりに。

「あからさまなヒントを幾つも出していたのに、まるで気づかない。五回も同じものを出したというのに。アンタが初めてだったよ探偵さん」

「警察が思ったより無能だったというのは同感だったな。いまいちがっかりだ」

「俺も分かっていないんですけど」

「お前はそれくらいで丁度いい。探偵の助手は適度に愚かでないとダメだからな」

「嬉しくないなぁ」

「ひっひっひ」

老婆は笑い、周囲を、ロンズデーとノーマンの向こうの展示ケースを見やる。

そこには何もない。

「ダイヤをどこかに運んだのかえ。聞かされていないのぅ」

「そりゃそうだ。私が運ばせた。ここの館長はバルディウムの威信にかけてお前を迎え撃つとほざいていたし、色々ダミーやらショーケースやらに細工をしようとしていたようだが」

「笑っちまうね。その怪盗が目の前にいたってのに。ま、館長にも面子があったんだろうねぇ」

話がちょっと見えなかった。というのもダイヤをどこかに隠したという話もロンズデーがハリソンを通して手を回したのでノーマンは何も知らされていない。

ロンズデーが展開を隠すのはいつものことだったりもするのだが。

「簡単な話だノーマン。昨日、ダイヤを囲んで何人かいただろう？　刑事と館長は分かりやすい。それに女が三人と作業着の中年。このババアも含めて女は学者で、中年は鍵屋だ」

「その心は？」

「これから怪盗が盗みに来て、既に警備員も配置していた博物館に部外者を入れるはずがない。四人はどう見ても警備員ではなかった。だったら何をしていたか？　作業着を着ていたのだから作業をしに来ていた。タイミング的にケースに罠か強固な鍵を掛けるように準備をしていた。女どもは専門家だ。怪盗を騙せるようなダミーを用意し、それを通用するか確認させるためだ」

そして。

「それも、ただの余興に過ぎない」

「――賢いのぅ」

瞳が焦がれていたと言わんばかりに輝く。

「アンタが現れた時、吹きだしそうになった」

「代わりに手を握り潰したがな」

「お互い様さぁ。この年でこうなって、そりゃあもうはしゃいだものだよ。最初は色々壊して態々休暇を貰って調整したねぇ。アンタもそうだったかい？」

「さて、どうだったかな」

「そっちの助手さんは、ただの人間かな」

「えぇ、まぁそうですね」

「そうかい、それは残念だ」

「安心しろ、この街にはいっぱいいるぞ。私やお前みたいなのが」

「あぁ――それはいいねぇ」

ニタニタ、ニヤニヤ。

会話を重ねるたびに口元の弧が吊り上がっていく。

引き絞るように。張り詰めるように。びりびりと、空気が震えるのをノーマンは感じた。

感じただけで、特に何もしなかったが。

「どうもそっちの方がバケモノとしては経験豊富そうだ。いいねぇ、羨ましいねぇ。どれだけ同類と遊んだんだい？」

「さてな。覚えているのも、覚える価値がないのもいた」

「いいねぇ、言ってみたいねぇ」

怪盗は繰り返す。予告状を出していたダイヤがないことを気にした様子もない。

「この力を手にした時はそれなりに驚いたねぇ。子供はとっくに独り立ちして、旦那は戦争で死んだ。行くところを無くしてこのバルディウムに来たらこうなった」

バルディウム。城壁に囲まれた風の吹かない街。

――それぞれの理由を乗せた風が最後に行きつく場所。

「力が落ち着いたら、その次は何を思ったと思う?」

「何を、どこまでできるか」

「ひっひっひ」

即答にフィルジーは笑い続ける。

笑みは、止まらない。みんなから外れた。普通から逸れた。人間から抜きん出てしまった。

そしてそれを楽しんだり、行動力に変える。

「けど小説みたいな怪盗ごっこをしても簡単すぎて面白くもなんともありゃしない。力を隠して普通のふりをするのもストレスが溜まるだけでのぅ」

「そりゃそうだ。私たちは擬態しやすいがな。根本的にはバケモノだ」

『逸脱態』は《アンロウ》の中で、最も日常生活を送りやすい。言ってしまえば過剰な身体能力を常時発揮しているだけなので、それさえコントロールすればみんなの内側にいられなくもないのだ。勿論、本当に溶け込めるわけではない。

「あぁ、気持ちは分かるぞ怪盗。だから私は来た」

人から、みんなから外れた宝石は笑っている。

《アンロウ》の女はずっと笑い続けている。

私とこいつは――――よく似ていると。

「探偵とは事実を解剖し、解説し、解体し、真実を曝け出す冒瀆者だ。答え合わせをしよう。

お前の行動理由。お前がどうして怪盗なんぞ始めたのか」

彼女は息を一つ吸い込み、

「お前はただ、自分の異能を全力で使いたかっただけだ」

言い切る。

「怪盗行為はおまけで、本質は予告状だ。老人に見合わぬ身体能力と透過能力による犯罪。それを邪魔してほしかった――そう、欲しかったのは遊び相手だ」

ロンズデーから笑みは消えない。フィルジーも笑っている。

「私に喧嘩を売ってきたのはそういうことだろう？　現れた探偵の反応が見たかった青臭いガキみたいな期待だ。全く笑わせてくれる。だが、そうだな、気持ちは分かる。私もこの男と出会う前は似たような時期があった」

だから。

「遊んでやる、貴様の遅すぎる青春に付き合ってやろうじゃないか」

「ひっひっひ！」

空気が歪む。それは殺気とか殺意とか戦意とか、そういうものではない。

きっとそれは本能だ。自分の持つ能力を全力で発揮したいというそれだけの強烈すぎる生物としての根底意思。ロンズデーはこうなることを分かっていた。

彼女の動機に思い至った時、だからロンズデーは怪盗ティスルの正体を言わなかったのだ。

誰かは、どうでもいい。どうやっても、大した話ではない。

同種の《アンロウ》。同じ穴の貉。貉同士の食らい合い。

道を外れた者同士が一瞬だけ交錯する。

そうなったらもう、止められない。

「ノーマン・ヘイミッシュ！」

ロンズデーが瞳を爛々と輝かせながら叫ぶ。

「探偵である私が言おう！　バケモノはこいつだ！　探偵ではない私が問おう！　このバケモノを、私は喰らってもいいか⁉　どうだ？　いいか？　答えろ人間！」

叫びに空気が震える。ノーマンの答えを待ちながら、拳が握られた。

ぎちぎちとこれ以上なく固く。

だからノーマンは答えた。これがロンズデーとノーマンの通過儀礼だから。

常人ならその場にいるだけで卒倒してしまいそうな濃密な暴力の前兆を前に、フェルトハットに手を当てて、どうしたって適当にしか見えない動きで爆発寸前の獣に告げた。

「────えぇ、どうぞ。存分に」

その言葉が合図だった。

「ハッハー！　引導を渡してやろう、自分の年を考えていない糞ババア！」

「ひひひっ！　楽しませてもらうよぉ年長者への敬意も知らぬ小娘が！」

二人の《アンロウ》。

二人の『逸脱態』。

二人のバケモノが。

その異常を曝け出す。

楽しみたい――ただそれだけの狂気の下に。

●

ノーマンはその音を聞いた。

ゴン、という鈍く低く、しかし大きく轟く音を。

ロンズデーのミドルキックとフィルジーの拳が激突した音だ。

「ハハハハ！」

「ひひひひ！」

哄笑が重なりながら、美女と老婆は格闘を行っている。

『逸脱態』の身体能力による白兵戦は高速かつ超威力の応酬だった。

牽制のジャブ一つ一つが人の頭を破砕するだけの威力を秘め、本気で胴体を蹴れば内臓が破裂する。それが一秒間に何発も応酬する。

一定レベル以上の『逸脱態』同士の戦闘は滅多に見られるものではない。

ノーマンは一年半この街で様々な《アンロウ》を見てきたが、それでも数えるほど。

「ひーひっひっひっひ！」

燕尾服の老婆が引きつるような笑みと共に跳ねまわる。

アクロバットな動きから短い手足を振り回すように叩き込む。

武術を習っている動きではない。適当に子供が腕をふりまわすようなもの。

ただし、その膂力ならば常人には見切れないし、回避も防御もできない致命になる。

「はっ、心がガキなら動きまでガキか！」

ロンズデーはステップを踏み、拳を胸の前に掲げながら乱雑な攻撃を丁寧に捌いていた。

動きとしてはボクシングに近いが、長い脚を活かした蹴りを織り交ぜている自己流だ。

拳をフィルジーの攻撃を撃ち落としながら防御とし、足で攻撃と回避を行う。

「そっちは存外綺麗な動きだねぇ！　バケモノでもトレーニングはするかい！」

「スラムはいい勉強になる！」

にんまりと笑みの種類を変えながらロンズデーは蹴りを怪盗に叩き込んだ。

それを怪盗は大きく飛び退いて回避し、毛の長い絨毯に着地。

そして、

「――――《触れえぬ仇花・奪取》」

絨毯が撓み——これまでの数倍の加速を以て老婆の体が射出された。

●

「うおっ……⁉」

腹部の痛みに思わずロンズデーは咥えていた煙草を噛みしめた。

左の脇腹の服が裂け、その下の肉が抉れている。

急に加速したフィルジーがロンズデーの防御を潜り抜けて、触れた。

だがいくら加速をしたといっても、肉を抉れるほどではない。

なのに、そうなったという事実に声を上げたのはノーマンだった。

「物質透過の応用——」

「馬鹿かノーマン！　それよりもっとよく見ろ！　コスプレしたババアが爆笑しながらカタパルトから射出したみたいに飛び込んでくるんだぞ⁉　コスプレカタパルトババアだ！」

「ひょっひょっひょっひょ！　そういうことさね！」

右手を血で濡らしたコスプレカタパルトババアは壁面に着地し、今度は壁が撓む。

その一瞬を見て、ロンズデーの頭脳は一瞬で現実を処理した。

分かることは二つ。

攻撃は物質を通り抜けて、通り抜けた物質を搔っ攫ったのだ。

ショーケースや金庫を通り抜けて、中のお宝を盗むのと同じ。

それぞれの現場が荒れてなかったのはそういうことだ。

もう一つは加速方法。

異能で床に沈みかけ、沈ませた物質に張力を生んで、その反発で飛び出したのだ。

異能の応用が巧い。《位階Ⅲ》としての異能派生を二つ同時に使っている。

理論的、物理的に物質の透過を考えるならば、自らの肉体を物質に割り込ませることになる。

『逸脱態』の異能は自己の肉体に作用するものであり、論理的に考えれば他物質に影響を与えないので、撓ませているのは自分の足なのだろうが《アンロウ》に理論も道理も通用しない。

そう思い込んでしまえばそうなる。服なんぞ最たるものだ。

物質をすり抜けるのなら、服もすり抜けて異能を使うたびに全裸になりかねない。

なのにフィルジーはそうなっていない。

衣類も自己と捉え、そして物質の透過に関して何か明確なイメージが存在しているのだろう。

「はしゃぎすぎだぞロートル……！」

「ひっ、ひっ、ひっ……！」

跳ねる、跳ね回る。床を、壁を、天井を、異能によって張力を発生させて加速を続けながら。

全方位から笑い声が響き渡るそれはまるでダンスのようだった。

「踊っているつもりか、怪盗！」

「あぁ――――アンタとわしの死のダンスさねぇ！」

どんっ、という音と共に大気が震えた。『逸脱態』であるフィルジーの身体能力で耐えられる限界加速。それを乗せて突っ込んでくる刹那、むき出しの笑いをロンズデーは見た。

喜んでいるのだ。持っている能力を全力で曝け出す、ただそれだけ。

好き勝手できるということは快感を伴う。

それも、命を懸けているのならば。

その気持ちが分かる。そうしたいとも思うけれど。

一瞬、視線を向ける。変わらずに突っ立っているノーマン・ヘイミッシュへと。

この老婆と自分はよく似ている。根源的に同じような渇望を抱いている。

それでも違いは、突っ立っている朴念仁だ。

「――――私とお前は違う」

好きにしているということと。

満たされているのは――――違うのだ。

「《触れえぬ仇花（スルーズティスルー）》――――！」

フィルジーの手が、ロンズデーの胸に触れた瞬間。

「――――《不穢宝石（アンビルセルメイデン）》」

ぐちゃりと――怪盗の手が砕けた。

「ひっ……ひぃ？」

「一つ、教えてやろう」

その手は確かにロンズデーの胸に接触し、しかし砕けている。

何か、とても硬いものに指を正面からぶち込めばそうなるだろうがフィルジーが触れたのはロンズデーの左胸だった。それにも拘わらず、事実として手は潰れてしまった。

何にも触れられないはずの仇花が。

「異能と異能は干渉し合い衝突すれば強い方が勝つ、それだけだ」

物質透過による心臓の奪取を上回る異常とは、

「か、体を――固くしたのかい」

「惜しいな」

褐色の美女が笑う。

「実に惜しい。現象としては近いが真実は違う」

唇が裂けんばかりに笑いながら。

「……！」

老婆は飛び退く。痛みはあるが、本能が体を動かした。

異能が発動し、体が真下に沈んだ。この場に現れた時のように床をすり抜けて一階へ。

さらに何度か壁を透過し、移動した展示用の小部屋が連なった順路だった。

「はっ……はっ……！」

荒れた息が暗く静かな展示部屋に響く。

理性と本能の両方が、警鐘を鳴らしていた。

「………ひっ」

それでも、喉の奥から溢れたのはは暗い喜びだ。

本能的に一階に逃げてしまったが、ちょっとした迷路のような一階では透過能力を持つ自分の方が有利だ。周囲には展示物が並んでいる。仕事柄その価値は熟知しているし、自分が手入れをしているものも多い。ロンズデーも流石にこれらに囲まれていれば動きにくいだろう。

「まだ、まだ――」

うわ言のように呟いた瞬間だった。

「なん……っ!?」

二階からの大きな音に反射的に見上げ、

「――!?」

「ハッハー！　寂しかったか⁉」

ロンズデーが背後の壁をぶち抜いて現れた。

一瞬前まで壁だった石材や木片と一緒に展示物を吹き飛ばす。

「――？」

その瞬間、奇妙なものを見た。

彼女の手や足に、淡く発光する赤い刺青のような文様が浮かんでいる。

だが、それについて考える暇はなかった。

頬が裂けるような笑みの女は驚愕するフィルジーの首を背後から鷲掴みにし、

「ハハハハ！　博物館ツアーと行くか！」

そのまま壁に押し付けながら飛び出した。

フィルジーを掴んだロンズデーは順路も壁も関係なく、何もかもをぶち抜きながら爆走する。

「き、貴様……！」

痛みは問題無い。反射的に発動した透過によって首以外のダメージは無視できた。

だが、問題は、

「がっ……おま、え！　展示品を、なんだと……！」

ロンズデーの爆走は、何もかもを破壊する。

一つ一つがフィルジーの年収を優に上回る価値のもの。

それらを、フィルジーを振り回しながらロンズデーは破壊していく。

彼女だって、それを理解していないわけではないだろう。

「ハハハ！　馬鹿か貴様は！　こんなところで始めておいて今更言う事じゃないだろう！　気にするんだったら最初から場所を選んでおけ！」

千年前の戦争で使われた刀剣。二千年前に流通していたとされる硬貨。国内に数個しかない絶滅した動物の剝製。歴史に名を残した芸術家が作った石像。古代の哲学者が記した書物の原本。

博物館自体も数百年物の歴史的建造物。

それらの価値と歴史を蓄積してきたもの全てを蹂躙する。

傍若無人を体現する風が暴れたのは十数秒。その十数秒で一階を破壊し回り、

「おっと、あまり離れるとまた怒られるな」

「ひょ……!?」

浮遊感。

真上に投げ飛ばされ、気づいた時には二階にいた。

「おっ、戻ってきた」

一瞬、棒立ちのままノーマンと目が合う。

脳天気なと、呆れる余裕はなかった。

「なんじゃ……!?」

天井に激突する寸前、左手が引っ張られた。

いつの間にか、何かが左手に巻き付いていたから。

なにか、ではない。

――――ロンズデーの右手に巻かれていた包帯だった。

皺の寄った目が見開かれる。

『逸脱態』の異能は自身の服にも対応するようにできる。

身に纏う衣類を自己と定義することで異能が作用するのだ。そうしなければ異能の種類によっては使うたびに全裸になりかねない。この辺りは『変貌態』よりも融通が利く点だ。

ただし、それはすぐにできるわけではない。

自身の体の一部と認識できるだけの必要性と思い入れがないとできない。

なのに。

「それは、ただの包帯――――」

「そう見えるか?」

笑みが変わる。

バケモノの哄笑から。人間らしい優しいほほ笑みに。

「だったらこれが私とお前の違いだ」

私とお前は似ているけれど。

「生憎（あいにく）私は重い女だからな」

――私とお前は違う。

「《不穢宝石（アンビルセルメイデン）》」

包帯が引き込まれ、

「がっ――!?」

ロンズデーの拳がフィルジーの顔面に突き刺さった。

拳がめり込む。鋼鉄よりも固いその拳が。

その本質を怪盗は知らない。

《不穢宝石（アンビルセルメイデン）》。

それは彼女自身の存在密度の上昇だ。

体を固くするのではなく、密度を高めた結果に肉体の硬質化と重化を得るのだ。

鋼の何十倍も固く、重い。

すでに踏みしめている床、絨毯（じゅうたん）の下には亀裂が入っているだろう。

人の形に数トンにも及ぶ質量を押し込み、しかし重さと物理法則による速度の鈍化がない。

ただ彼女が望むままに重く、固く、強く。

「ひょ……ぎっ……！」

片手が繋がれ顔面をぶち抜かれながらも怪盗は反撃した。

巻かれた包帯を透過し、右手でロンズデーの体を掻っ攫おうとする。

だが、

「っ……！」

「ハハハ、どうした、笑えよ怪盗！　今更年齢を言い訳にはできないぞ！」

高密度化された肉体をすり抜けることはできず、表面を削る程度に留まる。

ロンズデーにも痛みがないわけではない。密度が上昇するだけで痛覚はそのまま。

だけど彼女は笑っている。

「チェーンデスマッチと行こう」

最早互いにガードはできない。

ゆえに人外同士の攻撃は突き刺さる。

ただし。

当然のように優勢なのは宝石だ。

「ぎょっ……ぎっ……が……！」

「ハハハハ！」

拳が何度も突き刺さる。ジャブ、ストレート、アッパー、ブロー。左拳による連打。老婆の攻撃は反撃というよりも悪あがきと言っていいかもしれないもの。拳によりフィルジーの体が吹き飛び掛け、しかし包帯が引き戻し、また拳が突き刺さる。

　老婆の体が跳ね、戻され、また跳ねる。

「踊るのが好きなんだろう、ダンスとは手を取り合ってするものだ！」

　怪盗は踊り――――探偵は笑う。

　痛みを受け、傷つけられ、それでも彼女の笑みは止まらない。

　血に塗(まみ)れながら凄惨に。

　穢(けが)れに笑い、強度を増す貪りの金剛石(エンハンスダイヤ)。

　虚飾を、隠蔽を、策略を、策謀を。

　数多(あまた)の謎からたった一つの真実を見出(みいだ)す探偵。

　――――《不穢宝石(アンビルセルメイデン)》は真実を指し示す。

「ぎっ……！」

　宝石の拳が仇花(あだばな)の歯を飛ばした。

「や、やめ――――」

「止(や)めろ!? はっ、今更何言ってるんだ！　現行犯逮捕だ！　不法侵入と窃盗！　傷害や殺人未遂はお互い様だから許してやるとして！　ババアだろう！」

　知らなかったのかと、美女は笑う。

「人のものを盗んではいけません――――だっ！」

顔面にもう一発。

振り下ろし気味の一際(ひときわ)大きな打撃が怪盗の頭部を撃ち抜き、大きく距離を空けた。

「ぬ、ぐ、ぁ……！」

その瞬間、仇花(あだばな)は最後の力を振り絞った。

四度警察をあざ笑い、最後に同類である宝石だった。

その生命を奪い取るために。

あらゆるものをすり抜け、かすめ取る異能を。

なのに、

「無駄だ」

「な、ぜじゃ……！」

手に巻き付いた包帯から逃れられない。

「簡単なことだ(Elementary)、怪盗(The Phantom)」

フィルジーからすればただの包帯でも、ロンズデーにとっては違うもの。

名探偵が、助手に貰(もら)った優しさの証(あかし)。

「怪盗は財宝を盗めても――――真実は常に探偵の手の中にある」

ロンズデーは右手で思い切りフィルジーを引き込みながら体を回した。

赤い文様を浮かべた右足が孤を描く。

異能によりつま先のみを重く、それ以外は質量を極めて軽くした右足は、彼女自身の膂力と遠心力により一瞬で音速に達した。空気が破裂し、快音を鳴らす。

叩き込んだ。

撃ち落とし気味の回し蹴りは、引き込まれたフィルジーの横顔に炸裂。

その刹那、

「────《不穢宝石・一極》」

足先への超荷重。数十トンの質量による回し蹴りが音を超える速さで打ち込まれる。

老婆の体は床板をぶち抜きながら消えた。

「……………ふむ。おい、ノーマン。二つ言うことがある」

「はいはい。なんでしょ」

「今ので包帯が千切れた。後で新しいのを頼む」

「もちろんいくらでも。もう一つは？」

「すぐに此処を出るぞ」

「はい？」

「さっき一階で暴れた時、柱を幾つか壊したんだが、今のが止めになったなこれ」

「……………姉さんがブチギレますよ、これ」

「はっ、安心しろノーマン」

足元から壁、天井まで、何もかもが震え、崩壊を始める中。

何もかもを破壊した彼女は胸を張った。

「こんな博物館よりも私のほうがよっぽど価値があるだろう？」

●

「──────ぁ」

痛みも何も、フィルジーは感じなかった。

ロンズデーに蹴り飛ばされた先、瓦礫に埋もれながら息を零す。

あるのは奇妙な浮遊感。

「どう、して──────」

自分と彼女の、何が違ったのか。

違いはあの包帯だと、彼女はほほ笑んだ。

それが意味するものを、フィルジーは知らない。

多分、まぁあのずっと突っ立っていた少年のことなのだろう。

あの探偵は、彼をずっと握りしめて離さなかったのだ。

自分とは、違う。

夫は戦争で死んだが、娘には家庭があり、孫娘もいた。

孫娘は、思えばあの少年と同じくらいの年だった。

だけど、自分は彼女たちと別れ、この街に来た。

愛する家族だったはずなのに。

「…………はっ」

自然と、笑ってしまった。

何が違うのか、それが答えだ。

大切だったはずの、大切にするべきものを、ただ自分が満たされないからという理由で捨てた。

その結果、ただの無軌道なバケモノになってしまった。

「……は、は、は」

何もかも捨てた自分が、何もかもすり抜ける力を持つなんて。

それはなんて皮肉だろうか。

だからこそ、バケモノであっても大切なものを握りしめた彼女に勝てなかった。

何もかも壊して、好き勝手やってくれたけど。

彼女にとって一番大事なことは、間違えていなかったのだ。

「あぁ――――まったく、恥ずかしいねぇ」

そんな、言葉を最後に。

ただ満たされたかった老婆から、命が零れ落ちた。

●

「答えは香水だった」

ノーマンはロンズデーのつまらなそうな声を聞いた。

彼女は呟き、

「……おい、ノーマン。ちょっと痛いぞ」

「我慢してくださいよ。普通なら死んでますからね」

「はん、中々皮肉の利いた冗談だ」

冗談のつもりではなかったけれど、彼女は途端に楽しそうに笑う。

大立ち回りの後、事後処理をハリソンに丸投げしたノーマンたちは廃墟に帰還していた。

現場の壊れ具合に刑事は全身全霊による無言の激怒の抗議という器用なことをしたが、そこは彼の仕事ということで任せておく。

ノーマンは下着姿のロンズデーに手当てをしていた。

紫のランジェリーと褐色の肌は魅力的だが、しかし今はそう感じる時ではない。

脇腹の抉り傷は勿論、全身に細かい打撲。最初ガードや捌きに使っていた両腕には打ち身に加えて擦過傷も多い。ソファに踏ん反りかえった彼女の傷をノーマンは丁寧に治療していた。消毒をしたり、傷薬を塗ったり、湿布やガーゼを当て包帯で一つ一つ巻いていく。

脇腹の傷もしっかりと縫合する。

「相変わらず器用な奴だ」

「戦場じゃ色々覚えましたけど、コレが一番実用性がありますね。……それで、香水？」

「単純な話だ」

彼女が鼻を鳴らす。

「予告状にわずかだが残り香があった。だから握手しただけで正体が分かったんだ。手を潰されたりもしたが」

「…………あー」

パチンと、ハサミで包帯を切り、その音を頭の中でも響かせスイッチを切り替える。

「……………………怪盗ティスル」

「そうだ、その通りだ。ティスル――薊の花、その香水だ。我が国の国花の一つ、これは若者よりもある程度の年齢以上で、それなりに愛国心があることがうかがえる。便箋も王女様の誕生日記念だったしな。薊の香水を使う者もいるのは間違いないだろうが普通、あの立場の人間が怪盗と同じ名前の花の香水を使うことはあるまい。それに……」

彼女は一度鼻を鳴らし、

「薊の花言葉は──『私に触れないで』、だ」

「……なんとまぁ」

「博物館が崩壊した後、地下の従業員用の事務室も覗いてババアの机を漁ったがポートクオリの写真もあったし、例の便箋屋の封筒や便箋も保管されていた。ついでに言えばアレのデスクにはご丁寧に左右両方にペン差しも置かれていた──見つけてほしかったのさ」

ソファに跪いて彼女の太ももに湿布を張る。

「……結局あの人、なんで怪盗なんかやってたんですかね」

彼女の足を自身の太ももに乗せながら、指を滑らせて怪我の度合いを確かめる
「《アンロウ》になって、異能を使いたいってのは分かります。でも結局なんでわざわざ怪盗なのかは分からなかったですよね」

「さぁな」

彼女の足指が自身を乗せる太ももをくすぐった。

こそばゆい。

「そこまでは流石に分からん。夫と死別し、子供は独り立ちしたと言っていた。《アンロウ》になってあれだけの弾け具合、それまで鬱憤を抱えていたのは間違いないだろう。博物館勤務の学者、怪盗になる理由があるとすれば……そうだな、やつの家の本棚でも漁ってみれば分か

るかもしれない」

「……なるほど。刑事さんに手配しておきましょう」

もしも。

もしもそこに怪盗小説が並んでいたり。

或いは自分で書いていたりしたのなら。

それはなんというか。

フィルジー・ミュールは心の底から青春していたのかもしれない。

年を取り、衰え、家族はおらず——目覚めた異能により見た夢を叶えたのかも、なんて。

それはちょっと突飛な想像がすぎる気もするが。怪盗がそもそも突飛な存在だが。

「なぁ、ノーマン」

「私があの女を殺したのは正しかったか?」

●

ロンズデーは自分に傅いている男を見る。

全身の傷は、しかし『逸脱態』としての回復力なら、一日ないし数日あれば完治するにも拘わらず丁寧に処置をしてくれる。

マメな男なのだ。

そんな男に問いかけた。

ロンズデー・エンハンスダイヤは結局、フィルジー・ミュールを殺した。

度重なる打撃に、ダメ押しと言わんばかりの超重量の回し蹴り。

『逸脱態』の耐久を超えたダメージの果て彼女は死んだ。

《アンロウ》、それも肉体的に強度の高い『逸脱態』や『変貌態』を殺すにはそれくらいしないといけないということは分かっている。

この廃墟に開いている穴もフィルジー・ミュールを殺した圧殺と似た行為で開いた穴。

彼女が殺した男は《アンロウ》であり、異能を悪用していた。

だから殺した。

ロンズデー・エンハンスダイヤは探偵だった。

推理で犯罪を暴き、隠された謎から真実を見出し、犯罪者を司法の手に委ねる正義の味方だ。

彼女は《アンロウ》になる前から探偵であり、確かな正義感と倫理の下に犯罪者を警察に引き渡していた。

正しいことを、したかった。

生まれつき人並み外れた頭脳があり、人が気づけないことに気づくことができた。

誰も気づかないことに気づき見抜く名探偵の瞳。

彼女が探偵になったのは必然だったし、天職だと思っていた。

けれど、一年半前ロンズデーは《アンロウ》になって、みんなから逸脱してしまった。

自らの能力を発揮したいがゆえに、ゲーム感覚で怪盗になった老婆のように。

己のルールの中だけで生きる、生きられるようになってしまう。

正しいことをしたいはずだったのに、いつの間にか楽しいことばかりを求めるようになった。

罪なき人々を守るのではなく、自らの異能を思うがままに振るい、罪を犯した者を追い詰めることに快感を覚えるようになった。

自己矛盾だ。

探偵は探偵から遠い存在になってしまった。

でも。

「えぇ、正しかったと。俺はそう思いますよ」

ノーマン・ヘイミッシュはロンズデー・エンハンスダイヤを肯定する。

太ももに乗っていた足を取り替え、

「んっ……」

足の裏、甲、くるぶし、太ももに手を滑らせる。

ゆっくりとした動きにロンズデーの吐息が漏れた。

丁寧に、執拗(しつよう)に。

宝石に傷がないか確かめるように。

「あの人好き勝手してたし、ロンズデーさんが《アンロウ》と知ってすぐに殺しに来ましたし。あれでロンズデーさんを殺してたら《アンロウ》狩りとか始めてたでしょ。そもそもこれまで人的被害がなかったのが奇跡ですよ」

「……」

「それにあの異能だと捕獲も難しい。《アンロウ》の対処は生死問わず、『位階Ⅲ(カテゴリー)』を殺さずに終わらせるのは難しいって知っているでしょう？」

だから。

「貴女(あなた)はするべきことをしました」

「………」

「それに」

彼は彼女を見上げ、真っすぐに見つめる。

少しほほ笑んで。

「やれと言ったのは俺です」

「……そうか」

息を吐く。

身体(からだ)の力を抜く。

本当に彼の言っていることが正しいのかロンズデーにはもう分からない。

分からなくなって、しまった。

壊れた倫理観。消えた罪悪感。崩れた常識。無くなった判断基準。

善悪の推理はできる。ロジカルに思考はできる。

けれど、そこにロンズデーは確証を持てない。

自分で、自分の推理に確信を持てない。

《アンロウ》になって、そうなってしまった。

推理はできるけど正義が分からない探偵。

それがロンズデーという女。

「ありがとう」

「いえ」

だからノーマンは示してくれるのだ。

何をするべきで、何を為すべきか。

正しさの指針をくれる。

もう探偵でいられない彼女を、探偵でいさせてくれる。

それゆえに彼は彼女の相棒なのだ。

《アンロウ》のロンズデーを否定するのではなく、《アンロウ》のままのロンズデーとして。

「ふっ……なぁノーマン」

「はい？」

「私は探偵か？」

「ええ。貴女以上の探偵を俺は知りませんよ」

彼は言う。

彼女にとって一番うれしい言葉を。

一年半前、ある事件で出会い、最初は敵対し、途中で協力し、そして自分を見失ったロンズデーに言ってくれた言葉。

「ふふん、そうか」

探偵であることを生きることを示した女は思う。

きっと自分はもう探偵という宝石ではない。

けれど、そう愛でてくれる者がいるから。

彼が触れてくれた足先に浮かぶ赤い文様がその証。

それだけで彼女は何よりも固い金剛なのだ。

「お前がそう言ってくれる限り――――私は探偵であり続けよう」

インターバル　3

「かくして《宝石(エンハンスダイヤ)》はバルディウム博物館を破壊して怪盗事件を解決した……」

しみじみとジムは息を吐いた。

目を伏せた彼は右腕を広げ、左手は胸の前に。芝居がかった仕草をゆっくりと続け、

「――――ってはなああああああい!! 君ぃ！　何をしたか分かっているのかね！」

勢いよく立ち上がり、両目を限界まで広げて叫ぶ。

「博物館全壊！　展示物も八割が破壊ないし損傷だ！　一体何百、何千、いや博物館自体の価値を考えれば何億ステルの被害か分かっているのかね!?　いや金の問題では無いよ！」

「どっちなんだよ」

「どっちもだよ！　芸術を愛する者として今回の被害は単純に許せん……！」

「壊れたの美術館じゃやなくて博物館だよ」

「そんな細かいことはどうでもいい！」

腕を振り回し、その場でぐるぐると何度も回った。

ノーマンはそれを眺め、

「………」

ただ目を細める。

「事件の被害を抑えるのも君の仕事だろう！　何をしていたのかね！　これはちゃんと調書として記録するからよく考えて言い訳したまえよ！」

「仕方ないでしょ」

激昂するジムに対しノーマンは短く頷いた。

「君の言う芸術よりも、ロンズデーさんの方が価値があるんだから」

「……………」

酷く真剣に、冗談の欠片も無く言い切ったノーマンに、流石のジムも閉口する。

心底呆れたという顔を十数秒ノーマンに向け、

「――――まぁいいだろう」

一転、静かに椅子に座った。

「フィルジー・ミュール。自意識がはっきりしていない程の幼少時には《アンロウ》にならないというのが『カルテシウス』の見解だが、ここまで高齢の《アンロウ》は私も初めて見たね。覚醒に年齢は関係ないらしい」

すらすらとさっきまでの動揺振りは嘘のように感想を述べていく。

「彼女、私も博物館に足を運んだ時に何度か展示品の解説をしてもらったが、穏やかな老婆だという記憶がある。それがまさか怪盗の仮装をしてぴょんぴょん飛び跳ねるおもしろ奇人になることは。全く困ったものだよ」

「そこちょっと気になってたけど、君の知り合いと知って納得したよ」

「ははは！　君には言われたくないねぇ！」

ジムは三度笑い、肩を竦めた。

「しかしまぁどこにでも潜入できる異能は便利だったねぇ。在野で『位階Ⅲ』まで至るのも珍しい。飼うことができれば有用だったろうに」

ノーマンは身じろぎ一つすらしなかった。

「……君、なにか言うことないのかね」

「特に無い。というか流石に体が痛いし、話すのも億劫になってきたんだけど」

「では最後の話だ！　ここまで順番に位階の話をしてきた。流れで行けば……！」

「…………いや、その上なんてないでしょ。位階はⅢまでだ」

「では聞かせてもらおう！」

《涙花》との密室殺人。《魔犬》との連続殺人。《宝石》との怪盗事件。

そして。

「君がこうして尋問されたきっかけと言える！　先週、この街と首都を繋いだ初運行の最新式直通特急が消息を断った。数時間遅れで到着はしたものの乗客のほぼ全員が死亡するという恐ろしい列車事件となった！」

「酷い目にあったよ」

「生存者は君と《妖精》だけ！　その真相を教えてくれ！」

「…………真相、ね」

短く、ノーマンは失笑した。

「大したことじゃない――ただの理想の話だよ」

第四幕
空の特急
The Empty Express

少女は退屈していた。
自分がおかしくなってしまったことは自覚していた。
さらに彼女の周囲もあっという間におかしくなってしまった。
何もかも思い通り。
彼女の言ったことはそのまま現実になる。
何一つ不自由ない。
彼女の為の楽園。
「つまらなそうだね、お嬢さん」
「――――」
けれど、少年は見透かしたように言った。
最近彼女の世界に現れた者。
なのに、まだ彼女のものになっていない。
「……そうだねぇ、おもしろくない。実につまらない」
少女はしかし笑った。
面白かったからではなく、ただの癖だ。
ほほ笑めば、他人はあっという間に彼女の虜になるから。

だけど少年は違った。

「なにか企んでいたりしないの？」

「別に？　したいこともないしね」

「それは嘘だ」

「――――」

ほほ笑みが罅割れた。

彼の言葉がナイフのように突きつけられる。

「したいことがないわけじゃない。むしろ明確だろう？　具体的な方向性がないだけ」

「……驚いたな」

それは真実だったからだ。

彼の言う通り。

したいことはある。

具体的な方向性がないだけ。

目的はあるけど目標がない。

「ねぇ、君。今のこれ、止めない？」

「止めたらどうしてくれる？」

「そうだね。――少なくとも、君が退屈しないような場所を用意しよう」

クラレス・エアリィステップ。

亜麻色髪をサイドテールにした少女。

薄桃と浅葱（あさぎ）のオッドアイ。

彼女はいつもいたずらっぽい笑みを浮かべている。

クラレスに関して語るのは難しい。

一言で言い表すことができない、そんな子だ。

変わらないのはいつも明るい緑のステッキを持っているということ。

その笑みは、彼女が楽しんでいるからとは限らない。楽しくなくても、喜んでいなくても、怒っていても、悲しんでいても笑っている。

何を考えているのかよく分からない。掴（つか）みどころがないのだ。

そんなクラレスは、

「首都が楽しみだねぇ先生」

向かいのソファで足を組み、いたずらっぽい笑みを浮かべて言った。

それまで本を読んでいた彼女は突然顔を上げて、閉じた片目でほほ笑んでいる。

「あまり気が進まないよ、正直なところね」

「そうかい？　残念だねぇ、ボクは一週間前から楽しみで眠れなかったというのに」

「へぇ。ちなみに昨日はどのくらい寝たの？」

「――たっぷり十二時間」

「寝すぎだよ」

「くすくす」

「やれやれ」

揶揄(からか)われていることを自覚し、窓の外に視線を送った。

高速で流れていく景色がある。

今ノーマンとクラレスは列車に乗っていた。

トレヴィード特急、バルディウム発ノドノル行。

個室の座席は柔らかく座り心地がいいが低い振動と音がある。

クラレスもノーマンの視線を追い、地平線まで広がる荒野を見た。

「首都行きの列車か。ボク、こういうのに初めて乗ったよ。最新鋭って売りでチケット代がやたら高いけどね。乗車した時見た？　乗ってる人、みんな大金持ちだったよ。先週先生がめちゃくちゃにした博物館の館長さんとか」

「いたねぇ。絶対顔を合わせないようにしよう。殺人事件が起きかねない」

「そういう意味で『カルテシウス』の経費で出るから体験できたのはラッキーだったよ」

彼女は車窓の下に備え付けられたテーブルからティーカップを手に取る。

ルームサービスで注文したティーセットだ。

「学校は、あまり有意義とは言えないからね」

彼女は、バルディウムの女学校に通っている。

白いダブルのジャケットに緑のスカート。普通ふくらはぎまであるはずのスカートは膝上あたりまでしかなかった。

《アンロウ》なのに、学校に通っているのは本当に珍しい。

そんな丈で、広いとは言えないコンパートメント席で対面しているので太ももの奥が見えそうで良くないとノーマンは思う。思うが、口に出すことはない。

「授業はちゃんと受けた方がいいよ」

「ボクの出席が安定しないのは先生との仕事によるものが多いけれどね？　ボクは学校じゃ人気者だよ。毎日誰かが悩み事の相談に来るくらいにはね」

「馴染めてるようで何よりだけど、授業の話と関係ある？」

「残念ながら女子寄宿学校なんて花嫁修業がほとんどだよ。おもしろくない」

「猶更勉強したほうが良いんじゃない？」

「勉強する必要もないだろう？　ボクの貰い手なんて一人しかいないんだから」

にっこりとしたほほ笑みは春の風のように爽やかだ。

が、目が絶妙に笑っていない。

「……君ね、誰が学費出してると思ってるんだ」

「さてねぇ、誰だったかな。どこかの親切な人じゃないかなぁ」

「…………俺の姉さんね。そこは忘れないでよ」

「くすくす」

彼女は紅茶に口を付け、

「ま、街の外、それも首都に行ける機会は貴重だ。ボクとしては純粋に楽しみなんだよ？」

「クラレス。言っておくけど一応仕事だよ？」

「分かっているとも。でも、首都の街並みを楽しむくらい、ボクにだって許されているだろう？」

「用事さえ終わらせたらいいよ。元々一泊する予定だったしね」

「くすくす。いやぁ、楽しみだねぇ先生」

ティーカップを置き、器用に手の中でステッキの柄を回転させる。

くるくると。

ノーマンは適当に肩を竦めておいた。

一年半前にバルディウムに訪れてから半年ほどの期間を置いて、彼は首都に赴いている。

首都にある『カルテシウス』の本部を訪れ、様々な報告をするためだ。

本来は姉であるスフィアの仕事だが、彼女もバルディウム内のことで忙しいので、ノーマンが観光ついでに代理を担っていた。

クラレスはその付き添い。

これは、非常に珍しい機会でもある。

「《アンロウ》のボクが、街を出るなんてこんな機会じゃないと」

にこやかな笑みを浮かべ、けれど笑っていない少女は、バケモノと呼ばれ、街を出られない。

都市内での行動にはある程度の自由はあるが、勝手に街を出れば拘束されるか殺されるか。

少なくとも位置と存在を把握されている《アンロウ》はそうなるし、知らされている。

だから彼女が浮かれているのは本当だろう。

「それも先生とお泊りデートだ。みんなが羨ましがるよ」

「それくらい誘われればいつでも行くけどね」

「へぇ。じゃあボクら四人同時に誘われたらどうする?」

「……………分身でもするさ」

「そこは嘘でもボクを選ぶって言ってほしかったなぁ。悲しいじゃないか」

言葉とは裏腹に、クラレスは嬉しそうにほほ笑みステッキの柄が回転する。

「列車は悪くない」

クラレスは外の風景を見て呟いた。

「レールがあればどこまでも進む。徒歩や馬、車、バイクよりもずっと速いのにレールが無ければ走れない。おもしろくないかな？　自由なようで一番自由がない。決められた道にしか行けないけれど、その道を行くのは何よりも速いんだ」

「制限があるからって話かな？」

「いいや違うよノーマン先生。制限はあるけどその中に自由はある。例えばこの特急、最新鋭だけれど、何が最新鋭だったっけ？」

「これまでよりずっと速いし、いっぱい物を運べる」

「なるほどね。ついでに聞いてもいいかい？　この列車、何両編成で客室は何両だっけ」

「十両編成、そのうち客室は二両だよ。一両はバーとレストランで、残りは貨物車両」

「うん、そうだそうだ。そういう車両の比率も自由の一つだよね。ここに不思議があるんだけれど、バルディウムから外に出る人は少ない。行商で移動する人はいてもわざわざ特急電車に豪華な客室を用意するものかな。全部貨物列車で良くない？」

クラレスの問いにノーマンは少し考え、

「別に難しくもないと思う」

「へぇ？」

「つまりは行商関係の人用でしょ。後ろの貨物列車で首都に沢山荷物を送る。これは輸送・運搬に関しては必要だしね。食べ物、生活用品、高価なものあれやこれ。特急に乗せるのなら最後かな。そうするとほら、運搬費用も上がるでしょう？　となると金が掛かるようになって、責任も増えてくる。責任が増えるなら責任者が同行する」

「なるほどなるほど。そういう人がこの部屋に乗るわけだ」

こつんと、ステッキが床を叩(たた)いた。

「見事な推理だよノーマン先生」

「これで持ち上げられてもね」

ノーマンは立ち上がった。

「どこに行くんだい先生？」

「紅茶のお代わりをもらってくるよ。首都まではしばらくかかるだろうし。小腹が空いてたりしない？　何か食べ物も買ってこようか？」

「こんな高級列車なら、給仕(きゅうじ)を呼んだら来るもんなんじゃない？　でも――」

「でも？」

「まだ外に出ない方が良さそうだ」

言って、

「ふーっ」

彼女は長く息を吐いた。その行為にノーマンが疑問に思っていたら、

「んーっ」

キスをされていた。唐突な行為に反応する前に身体を押されてソファに座り直される。

「ぇれろ」

舌まで入れられ、驚いて目を見開いたら、至近距離で彼女も目を開けている。

妖しく輝くオッドアイ。口づけは十数秒続いた。

「――くすっ、ご馳走様」

「…………どういう？」

聞いた瞬間だった。

どすんっ、と部屋の外から何かが倒れた鈍い音が連続する。

「…………クラレス？」

「ボクの手を使っている」

返答を少し考えた。

ソファに畳んでおいたコートを着てその重みを確かめ、フェルトハットを被る。

「外に出ても大丈夫そう？」

「おすすめはしないね。もちろんボクが一緒にいればこの外だろうと凄惨極まる戦場だろうと悪逆が蔓延る裏社会の現場だろうと先生に傷一つ付くことは無く、むしろボクと楽しいデートだったな、と思わせるくらい素敵な時間を過ごしてもらうことになるが。だからって危険を犯すものじゃないんじゃないか？　ここにずっといてキスの続きをしてもいい。どうかな？」

いかにもなわざとらしい早口の提案だったので、

「大丈夫ってことだね」

「…………おやおや、残念」

あんまり残念そうではなかった。

●

客室を出てみればおびただしい量の死体が並んでいた。

「うちの学校でさ」

「うん」

「演劇クラブの倉庫でマネキンが散乱する事件があってさ。ボクがその解決を頼まれたことがあるんだよね。泥棒かもって、ちょっとした騒ぎになったりもした」

「へぇ」

「結果的に、掃除の子が事故で倒して散らかしただけだったんだ。怒られるのが怖かったっていう可愛らしい理由で、アフターケアもボクがしたんだけど」

「ほうほう、本当に頼られてるみたいだ」

「――その時のマネキンが、こんな感じだったよ」

「残念ながらこっち、本物だけどね」

クラレスの言葉に嘆息し、ノーマンは列車の中を見回した。

コンパートメント席が並んだ客室二両。

走る鋼鉄の棺桶になっていた。

倒れている。そして死んでいる。

「……運転手とかが無事だと良いんだけどな」

ノーマンは隣、緩く腕を絡めているクラレスに問う。

自分の肩に頭を置き、腕を緩く絡めた彼女は何度かステッキで床を叩き、

「とりあえず、窓は開けたままがいいね。一応まだ離れないでほしいな」

「ん、了解。ただまぁ、突っ立ってても仕方ないし、改めて調べようか」

近場の客室に入り、死体を検める。

高そうなスーツの中年の男性は座ったまま口元から涎が垂れている。

だが藻掻いたり、抵抗した様子はない。

「襲われたって感じでもないし、外傷もない。クラレスどんな感じだった？」

「なんか嫌な感じ」

彼女は少し考えるように首を傾げ、

「先生の腕で気分を変えられるか試してみよう」

迷いなくノーマンの腕に抱きついてきた。

「空気に何か混じっている感覚はあったけど、それが何かまでは良く分からなかった。とりあえず様子見でボクと先生の個室を守っていただけさ」

「そのおかげて俺も命拾いしたわけだ。…………いや、キスの意味は？　能力で守ってくれてたならキスした意味ないよね？」

「キスしたかっただけだよ」

「…………なるほど」

まぁそういうことなら良いとして。

「ちょっと……いやかなり良くないな」

「その心は？　先生」

「誰を、何を狙ったのかはともかく、このまま首都にたどり着いたらマズい」

言い終わるや否や、腕を絡めていたクラレスを連れて早足で歩き出す。

「おやおやおや、ノーマン先生にしては機敏な動きだ。何がマズいって？」

「死体だらけの列車が到着して、生き残ってる二人、まず思いつくのは？」

「愛の力で生還した奇跡と運命のカップル」

「その二人が犯人ってこと」

「くすくす、否定しなかったのは嬉しいよ」

クラレスが笑った瞬間、車輛が大きく揺れた。

「おっと」

重心が崩れ、体が浮くほどだ。それはほんの数秒のことだったが、

「おや先生。ありがとう」

すっぽりとクラレスがノーマンの腕の中に収まっている。

華奢な少女の体と爽やかな匂い。

「大丈夫？」

「もちろん。にしても大きな揺れだったね」

「……良くないなぁ。これは機関部の運転手もダメかも。脱線とか起きたら頼んだよ」

「頼ってくれるのは嬉しいけどね。いくらボクでも骨の二、三本は折れるよ」

「まぁその時はその時さ」

そして、次の車輛である食堂車へ行ってみれば、案の定、死体があちこちに転がっていた。

だが、待ち構えていたのはそれだけではなく、

「んっ？」

大蛇だった。

見たことのない巨大な、全長三メートルはありそうな蛇が飛びかかってくる。

――こつん。

対し、クラレスは、妖精と呼ばれる少女はただ杖を鳴らす。

「《御手妖精》」

その大蛇が、縦に真っすぐに割断された。

噴き上がった血は食堂車を汚し、

「いやぁびっくりしたねぇ」

ほほ笑むクラレスとノーマンには一滴も届かない。

「蛇は見たことあるけど、流石にこのサイズは初めてだね。ノーマン先生は？」

「こんなサイズ、普通はいないよ。ましてやこんな列車の中で」

普通じゃない、異常だ。

つまり、

「――《アンロウ》によるトレインジャックだ」

●

「問題は、この事件の犯人がこの列車にまだいるかってことだね」

食堂車輌にて、死体を漁りながらノーマンは言う。

「さっきも言ったけど、このまま状況を把握できないまま終点に着いたら俺たちが容疑者だ。下手人なり、その手がかりを見つけないと首都にたどり着いた瞬間に尋問だよ」

「いつになく饒舌だねぇ」

クラレスは死体を検分するノーマンを横目に、優雅に椅子に腰掛け、紅茶を飲んでいる。

「トレインジャックとして、何が目的だと思う？」

「死んだ人たちはバルディウムの貴族や商人やら金持ちだ。政治的・金銭的な問題から殺す理由を誰が抱えててもおかしくない。或いは俺たちを狙ったものなのか、無差別テロなのか、或いは貨物車を狙っていたのか」

「ふぅん？　最後は積み荷狙いってことか」

「金目当てなら無くもないかな。ただこれに関しては問題もある」

「ほうほう」

「ど、どうやって回収するか、だ。仮に荷物を押さえたとして、この列車はどこに行く？」

「首都の駅」

「そう。回収班が向こうの駅にいるとしても、首都の駅は大きいから関係無い人もいるはずだ。仮にも最新式の特急だし注目もされているそんな列車、しかも乗客のほとんどが死んでいて、そこから安全に荷物だけを奪うのはちょっと難しいと思う」

「確かにねぇ。不可能とは言わないけど手間が多そうだ。なら、誰かを狙った暗殺？」

「どうかな？」

少し考える。

誰かを殺したいとき、どうするか。やり方はいくらでもある。

《アンロウ》でなくても人を殺すのは簡単だ。

でも、とノーマンは思う。

「誰かを暗殺するなら毒ガスは微妙だ。奇跡的に生還しない可能性もないし」

いずれにしても、

「とりあえず機関部に向かおう。犯人がいれば捕まえる、いなかったら……その時に考える」

「安心してよ、ボクがどうとでもしよう」

こつんと、妖精はほほ笑み杖を鳴らす。

「ほどほどにね」

次の車輌へと赴く。

●

「さっきの『変貌態』、何をしに来たかと考えれば毒ガスで生きてるかどうかの確認だったと思う。時間差があったのは、ガスが拡散するのを待つためかな。この場合、問題はあの蛇が単独犯か複数犯かどうか」

「先生の予想は？」

「複数犯かな」

だって。

「明らかにこいつらが仲間だよ」

食堂車の次の貨物車に入ってみれば、荷物に紛れて武装した男たちが五人、事切れていた。

無骨な軍用ナイフや銃で武装しているあたり、どう見ても乗客ではなかった。

「おやおやおや！　ノーマン先生の言う通りさっきの蛇の共犯ならこれはどういうことだろう⁉　まさかボクたち以外に誰かが⁉」

「手が早いね、クラレス」

誰がやったか、は考えるまでもない。

「……………もうちょっと反応が欲しいんだけれど、先生」

可愛(かわい)らしく頬を膨らませる妖精だ。

「びっくりするとか、どうせなら生かしておいてほしかったとか、そういうの無いの？」

「まぁ生かしておいてほしかったというのは無くもないけど」

少し不満を溢(こぼ)せば、

「残念。ボクはボディガードだからノーマン先生の身の安全が最優先だ」

残念と言いながらも、ノーマンの不満に彼女は満足したらしい。

「さぁどうだい先生。軍医の技術をフル活用した検死で彼らの身元や性格、目的、今朝食べた朝食まで当ててみせてくれ」

「それは軍医のスキルじゃないよ。そりゃロンズデーさんなら今日の朝食どころか普段の食生活まで推理できそうだけど」

適当に肩を竦め、雑に並べた死体を改めて見下ろした。

検死は目的としなかった。

積み荷に腰かけたクラレスが犯人なのでそこはどうでもいい。

「……ふむ」

一つ頷き、

「ただまぁ、俺でも分かることはあるよ」

「へぇ。それは？」

「この人たちは日雇いのチンピラか何かだね」

彼らの上着のポケットに日雇いの仕事の証券があった。

仕事終わりに貰えて、その後交換所等で現金と引き換えるものだ。字は小さいが住所も印字されている。他にも小銭やら安酒の瓶やら、賭けの半券やら。

「手荒れが酷いし建設とかの工場作業とかか。路地裏で声をかけたら集まる小悪党だね」

「ふぅん」

　彼女は小首を傾げた。

「建設からトレインジャックか。無職ってのは逆に手広いんだね。勉強になる」

「……無職はいいでしょ別に」

「安心してよノーマン先生。ボクは無職でも気にしないよ」

「……とにかく、下っ端がいるってことは、雇い主がいる。彼らは荷物の回収係かな？　その割に軽装なのは妙だけど。それぞれ個別で持っていくつもりだった……？」

「高級列車からこんな身なりのチンピラが出てきたらちょっと不自然だと思うけどね」

「俺もそう思う。駅ね、一体どうするつもりだったんだか——うん？」

「先生？」

　ノーマンが何かに気づいた様子でポケットから懐中時計を取り出した。ついでに特急の運行案内表と共に確認し、舌打ち。

　さらにコートから小さな本を取り出す。その表情は彼にしては珍しく険しい。

「その本は？」

「地理書だよ」

「ふぅん。相変わらずそのコートなんでも出てくるねぇ。——それで？」

「この列車、首都に着かない」

「――――へぇ？」

浅葱色(あさぎいろ)と淡い桃色の瞳がほんのわずかに細まる。

「さっきの揺れだ。あれで本来通るべき路線から切り替わった。今は使われてない路線に」

地理書をクラレスにも見せる。

開いているのは今ノーマンたちがいるはずの地域。

胸ポケットから取り出したペンで地図に線を引く。

わずかに湾曲(わんきょく)しているが、基本的には真っすぐだ。

「これが本来の線路の道。列車の案内図に簡易だけど乗っていたやつね。で……多分このあたりで廃線への切り替えがあった」

「使われてないってのは？」

「廃棄された炭鉱がこの先にあるみたいだね。トレインジャックなんかしてどうするんだと思ったけど、こういうことだ。本来の路線から外れて、廃駅なんかで荷降ろしをすればいい。丸ごと頂けるんだから。この死体が持ち運ぶ用意をしてないのもそういうことだね」

「大胆だねぇ。列車が来なかったら騒ぎになるんじゃない？」

「だとしても金目のものを回収するには十分だ」

地理書を閉じ、重い息を吐く。

「…………参ったな、思ったより大事だ」

「《アンロウ》のトレインジャックってより？」

「半々って感じかな。それも大概だけど、俺が考えてた以上にしっかり準備してる……」

良くない、とノーマンは焦りを自覚する。

「…………ふぅぅぅ」

帽子に手を当てて、思考をまとめ上げる。

トレインジャック。殺された街の権力者。蛇の《アンロウ》。下っ端のチンピラ。状況を踏まえると機関部には主犯かそれに類する者がいる可能性が高まる。下っ端なら他の車輛にもいるかもしれない。

「……駅の路線が切り替わったなら、首都で警察に囲まれる心配は無くなった。その駅で待ち構えている襲撃者たちに囲まれる可能性はあるけど」

「それなら問題無いんじゃないかな？　ボクがいるし」

「…………そこは否定しないけどね」

ただの人間による犯罪ならばそれで良かったかもしれない。

だが《アンロウ》による事件だ。

それを処理するのが自分の仕事だから、放置すればノーマン自身の評価を傷つける。

評価は大事だ。

得点を、評価を――稼がなければならない理由があるのだから。

それは姉しか知らないことだけれど。

「…………よし、クラレス」

「何かな？」

「お願いなんだけど、主犯ぽいのがいたら生かしておいてくれない？」

「嫌だけど」

くすりくすりと、妖精は笑っていた。

杖で死体を無造作に突きながら、楽しげに。

「さっきも言ったけど、ボクはノーマン先生のボディガードで、身の安全が最優先だ。つまり、先生の危険に関わるものは何もかも殺し尽くすという強い決意を固めているわけだよ」

可愛い笑顔で恐ろしいことを言う。その返答は予想できていたがどうしたものか。

「だけど、そうだね。先生には先生の都合があるのも確かだ」

彼女は細い指を顎に当て、

「賭けをしようか、ノーマン先生」

くるくるとステッキを五指で回し、優雅にスカートの裾を摘まんで一礼。

「言った通り、ボクは危険な可能性があるものがいれば人間だろうと《アンロウ》だろうと殺したい。ノーマン先生の安全確保を超える理由がないからね」

だけど、

「ノーマン先生の事情も理解しよう。だから、機関部にいるであろう犯人の動機がつまらなかったら殺す。こんなことをするだけの理由があるなら生かしておく。それでどうかな？」

「賭けになってるのそれ？　そのつまらないってやつの基準とかはどうする？」

「そこは二人で相談しよう」

「……結局それ、君が犯人役にならないように説得しないといけない気がするんだけどな」

「くすくす——いいや」

妖精はまた笑った。芝居がかった仕草で首を振る。

死体だらけの中で行われるそれは全く不釣り合いで、不謹慎で、不真面目だった。

この守護者は守りたいものを守るけれど。

守るべき財宝に対して、ただ守っているわけではない。

周りを、誰かを歪ませるバケモノ。

「犯人役はどこかの誰か。ボクは悪巧みをしている馬鹿を滅茶苦茶にしてやるバケモノ役のバケモノさ」

さぁ。

「ボクはノーマン先生のために殺し尽くそう。それはもうこれ以上無く真剣に。だからね、先生。これ以上無く真剣に、ボクを止めてみてね？」

「――やはり来たか」

たどり着いた機関室は思ったよりも広かった。

列車の振動と風の音がそれまでよりも大きく、常時床が揺れている。

奥には燃料を放り込む機関部と運転席があり、その手前数メートル程度の空間は身を寄せ合ってなんとか並べる程度の幅。

大事なのは二人の正面――運転席に横座りする男だ。

座っていることを加味しても小男だ。お世辞にも容姿は整っているとは言えず、もっと言葉を選ばずに言えば不細工でさえある。

身なりはそこそこ。特別綺麗でも汚くもない。

どこにでもいそうな、労働者風の男。

咥えたパイプが唯一の個性。けれどそれは外見の記号だけの情報でしかない。

一目見てノーマンは理解した。

《アンロウ》だ。

暴力を日常とする人間特有のざらついた雰囲気。

暗く、何もかもに対して諦観したような目をしているが、その奥でぎらついた鈍い光がある。

彼は現れたノーマンとクラレスに驚かなかった。

むしろ、納得さえ見せていた。

こうなるだろうと思っていたことがこうなった——そんな投げやりな頷き。

「…………おや？」

「……クラレス？」

まだ腕を絡めていた彼女はわずかに驚きを見せている。

彼女にしては珍しい表情だ。

「……あー、どちら様で？　このトレインジャックは貴方が主犯？　狙いは？」

「ノッカー・クロムウェル。そうだ。お前たちを殺すこと、或いは勧誘だ」

「————はい？」

「ん——」

数秒、ノーマンは固まり、それはクラレスでさえ同じだった。

トレインジャックの主犯であることも想定通り。

だが、狙いがノーマンとクラレスを殺すこと。或いは勧誘？

貨物狙いや要人暗殺ではなかったのか。

「話をしよう、ヘイミッシュ。時間はあるからな、この列車は首都には向かっていない」

「……途中で路線を切り替えたんだろう？」

「流石だな。分かりやすく教えよう、ノーマン・ヘイミッシュ。俺はかつてそこの妖精と同じ立場だった者だ」

「――なるほど」

ノーマンは頷いた。その一言で理解した。

「君は『カルテシウス』の《アンロウ》だったのか」

「そうだ」

●

ノッカーはパイプを咥え直した。

「俺はあのバルディウムで、『カルテシウス』に切り捨てられた」

鬱屈とした煙が吐き出される。言葉に感情はなかった。

ただ事実だけを、簡潔に。感じる心はもう、擦り切れてしまったかのように。

ノーマンが知らない顔ということは一年半以上前に、捨てられたのだろう。

「殺されかけたが、死に損なった。だからこうして活動をしている」

「なんの？」

「《アンロウ》の人権運動」

「はい？」

「《アンロウ》の存在を公表し、確かな人権を得る。それが俺の目的だ」

「…………」

アンロウの——人権運動？

ノーマンは驚きで口をぽかんと開けていたし、クラレスでさえ笑顔が固まっていた。

「お前たちがこの列車に乗ると聞いていた」

「誰から？」

「トレインジャックと積み荷の回収はそのついでだ。知っているか妖精よ。お前は『カルテシウス』の中でも最も有用で危険なバケモノの一人だ」

「先生？　無視されてるよ？」

「《アンロウ》の人権解放、なるほどバカらしく聞こえるだろう。だが、《アンロウ》の扱いは劣悪だ。エアリィステップ、貴様はバルディウムの女子学院に通っているそうだな？　或いは、お前の同僚も事後報告さえすれば外出も自由だと」

「いやー、それは先生の愛あってこそ……」

「そんなのはお前たちだけだ。居住地は指定され、外出の自由なんぞ殆どなかった」

「……」

わずかに、クラレスが揺れた。

思い当たることはあるのだろう。

実際、以前までは彼女もそうだった。

「その緩和に関してはヘイミッシュ、貴様が一役買ったということも知っている。素晴らしい」

「…………どうも？」

急に褒められても、なんとも言えない気分だ。

「だが、まだ足りない。首都の『双子』が対《アンロウ》用の武器兵器を開発中だ。このままでは我々は利用価値すら奪われることになる」

ゆえにと、小男は静かに熱を込める。

「解放が必要だ、我々《アンロウ》には。争う力はある。あとは資金と時間と人手さえあれば」

「不可能ではないって？」

「無論だ。ヘイミッシュ。お前がいれば、バルディウムの四人もついてくる。そうすれば少しは現実的になるだろう」

「……なるほど、シビアに物事を考えているね」

馬鹿げていると思った。

《アンロウ》の人権運動なんてものを本気でやろうとしている。

世界が《アンロウ》に気付けばどうなるか。良くて中世の魔女狩り時代の再来だろうか。

「……ふぅむ」

内容はあまりにも突拍子もないが、ノッカーの口調や雰囲気には一切の遊びがない。

この小男は本気で言っているし、そのつもり。

恐ろしく愚直に金脈へと目掛けて、つるはしをふるい続ける坑夫のようだ。

あるかどうかもわからないけれど。見つけるまで、突き進む。

「なるほどね」

そして分かったことがある。

周囲を変えようと——周囲の在り方を歪ませようとする精神。

「君は、『歪曲態』か」

「そうだ」

『歪曲態』は他の《アンロウ》と明確に違う特性を持つ。

異能と精神性が他者を、周囲を対象としていることだ。明確に自分以外の何かを歪ませる。

それは異能が影響を与える物質であり、本人が影響を与える他者でもある。

みんなを、周りを、常識を歪ませるもの。

『歪曲態』の起こす事件は《アンロウ》の中でも大規模になりがちだ。

クラレスも、そうだった。

「話が早いなヘイミッシュ。ならばそのまま答えてほしい。俺は《アンロウ》が生きる未来の為(ため)に世の中を歪(ゆが)ませる。手伝わないか？　――お前も、それを望んでいるはずだ」

「ふむ」

無駄を省いた必要なことしか言わない語りにはそれなりに好感が持てた。

だけど、それだけで決断するほどノーマンはお気楽ではなかった。

「聞きたいことがあるんだけど」

「なんだ。可能な限り応えよう」

「乗客を殺す理由、あった？」

殺された多くの人々。罪がなかったのかは知らない。

だけど、あんな風に巻き込まれて死ぬ理由まではなかったはずだ。

「ない」

ノッカーは短く答えた。

鋼鉄を鉄槌(てっつい)で叩(たた)くような無造作さで。

「邪魔だったから殺した。この数の民間人の処理は手に余る。だから殺した」

「そっか」

ノーマンは頷(うなず)いて。

「クラレス、賭けは俺の負けで良(い)いよ」

「おや、いいのかい？」

「うん、もう良(い)い」

彼らしくなく、ぞっとするほど言葉は冷たく空っぽだ。

殺さずに無力化して、今の演説をそれこそ『カルテシウス』にさせた方が後々楽だとは思う。

だけど、それ以上に。

「こいつは此処(ここ)で殺しておこう」

犯人の動機についての賭けだったが、ノッカーの話を聞けば殺すのを止める理由は無くなってしまった。邪魔だから、なんて理由で人を殺すバケモノを生かしてはおけない。

「こんなしょうもないやつとは思わなかった」

「ふむ。実に珍しいノーマン先生の一面が見えたのは嬉(うれ)しいけど……」

妖精が、一歩前に出る。

軽やかな動きだ。酷(ひど)い振動の場所とは思わせない。

浮世離れした雰囲気のままに、ステッキで床を突く。

こつん、と響く音。

「――《御手妖精(スプリガンハンド)》」

「《脆鎚鉱夫(ドヴエルクノツク)》」

そして――何も起きなかった。

「――クラレス？」

「うーん、やっぱりダメか。同格(カテゴリーIII)だね」

「お前たちが来ると知っていたと、言っただろう」

ノッカーは立ち上がる。

やはり背が低い。クラレスよりも。

「決裂を前提としていた。障害になるなら排除しなければならない。そしてエアリィステップ。お前の異能は俺の異能で相殺(そうさい)できる。だから俺はお前たちを待ち構えていたのだ」

「そのようだねぇ。機関部に入る前から力を使ってたけど、意味無かったし」

「さっき、珍しく君が驚いていたのはそういうことか……」

『歪曲態』は物質の性質を歪(ゆが)ませ干渉する異能を持つ。

ならば。

クラレスの異能で歪(ゆが)ませたものを、ノッカーがさらに歪(ゆが)ませられるのなら。

妖精の魔法は――かき消されてしまう。

「俺の力も使えなくなるが、互いにかき消してしまえば、だ。妖精もただの人間だ」

彼が取り出したのは武骨なナイフだった。

「話に乗らないなら他の乗客と同じように殺してやろう――邪魔だからな」

ノッカー・クロムウェルの動きはシンプルだった。

数メートルの距離を詰め、凶器を振るう。

ただそれだけの動きを突き詰めたもの。

体捌き(たいさば)きを見るに、異能に頼り切りではない。異能を武器として修練し、応用を可能とする。

そんな《アンロウ》は、何があって切り捨てられたのだろう。

有用だったはずなのに。重用はされたはずなのに。

なのに、捨てられた。価値のない石ころのように。そこにどれだけの物語があったのだろう。

いや、今はそれよりも、

「クラレス、俺がやろうか？」

「そこで見ていてよ、先生」

「ん」

ノーマンはポケットに手を突っ込んで、突っ立ったまま動かなかった。

どうなるかは、すぐに現実が動く。

「死ね、妖精」

呪詛(じゅそ)のような一言。

初めて感情を垣間見(かいまみ)た。

「——くすっ」

ぎぃんっ、と甲高い音が鳴った。

「────」

ノッカーの両目が見開かれる。

言うまでもなくそれは刃物が肉を裂く音ではなかった。

分厚いナイフが、壁に突き刺さった音だった。

「異能を使えなければただの人間と変わらない──か」

能力を使って防いだわけではない。

彼女が使ったのはエメラルドグリーンの杖だ。

そのL字形の持ち手をノッカーのナイフを握る手に引っ掛けて受け流した。

最速の無駄のない動きだったがゆえに、小男の刃はそのまま壁に突き刺さったのだ。

「やれやれ、舐められたものだ。ボクは先生のボディガードだというのに。──異能が使えないから守れないなんて、そんなことあるわけないでしょ？」

くすりと妖精は笑い、杖が閃いた。

柄の真ん中を握る指が跳ね、回転。跳ね上がった杖先が正確にノッカーの肘を打つ。

「ぐっ……!?」

関節への打撃に小男が困惑と激痛にたじろぎ、ナイフを手放しながら後退、

「こらこら、ボクを殺すんだろ？」

「っ——」

カクンと、動きが止まる。

クラレスは身を翻し、柄を回し、持ち手をノッカーの首に引っ掛けていたのだ。

「勿論させないけど」

止まった小男のみぞおちに——縦拳が突き刺さる。

腰を落とした見事な突きだ。

「ごふっ⁉　——がっ⁉」

さらに止まらない。ひっかけた持ち手を外し、そのまま殴りつける。

こめかみを強打し、体ごと壁に激突した。

「ぐっ——きさ、ま……！」

一瞬のうちに繰り出された連撃に、今度こそノッカーは数歩後退した。

それでも元々狭い空間だ。すぐに詰められる距離にいる。新たなナイフを懐から取り出しながらも、

「どこで、こんな体術を……資料では、こんな情報は……っ」

「一体いつの話をしているのかな。日々成長するものだよ、人間だろうと《アンロウ》だろうとね」

「——小癪」

「顰蹙を買うのは得意さ、《アンロウ》だからね」

細い通路だが、小男と少女。ナイフを振るには問題はないが、杖は満足に振り切れない。

だからクラレスは柄の中心を持って回転させながら振るう。

刃とステッキが連続で交差した。

小男の動きは軍隊式格闘術をベースとした暗殺術。

最速最短、相手の呼吸と意識の隙間を縫うような殺し技に対して、彼女のそれは相手の攻撃を受け流し制圧するものだ。小男の突きをステッキで払い退け、その流れで杖先を突き込む。

回避されたのなら回転し、相手の体に柄をひっかけてコントロールする。

彼女の動きはまるでダンスのようだった。

春に吹く風は暖かいけれど、摑むことはできない。

けれど、風は好きな所に吹き抜ける。

浮世離れした少女。

どこにいても、どんな風景にも似合わない。

けれど、こんなことを言うのは少女に対して失礼かもしれないけれど。

杖を手に、狭い通路を自在に舞う姿は恐ろしく似合っていた。

妖精たちが飛び交う、人間が入ることのできない妖精郷。

「っ――」

「くすくす」

攻防はわずか数十秒。顔をしかめたのは小男の方。

その場の流れを妖精が握っていたからだ。

「──一体、どこでそんな技を」

それは恐怖だったのかもしれない。

ただの女生徒が、殺し屋に伍するだけの戦闘術を持っていたから。

異能を封じて、勝てると思った子供に手こずっている。

もしかしたら──もしかしたら、まだ何か隠しているのではないか？

考えすぎかと、思考を改めるかもしれない。

「うふふ」

だけど、妖精の笑顔がそれをさせてくれない。

どんな時も、殺されようとしているのに変わらない笑み。彼女はずっと変わらない、怯えない、怖がらない。変わり、怯え、怖がるのは相手の方だ。

分からないということは、怖いから。

「──！」

小男が跳ねた。

無理やりに、後ろに飛び退く。

機関部に背中をぶつけるのにも構わず、握ったのはナイフではなく、

「これならどうだ……！」

袖から零れ落ちた小さな拳銃だった。

服の袖に隠せる暗殺用の単発銃。小さな、けれどそれでも人を殺すには十分な凶器。

引き金は即座に引かれた。

「――――」

ノーマンはそれでも動かず突っ立っていた。

どうなるか、分かっていたから。

心配はしていたけれど。

「ふ――っ」

初めてクラレスが鋭い息を吐いた。

杖を縦に構え、柄の中心に着弾。柄全体に亀裂が入り、炸裂。

そして小男は二つのものを見た。

「――――!?」

砕けた鞘から現れた白銀の細剣。杖の内部に仕込まれたもの。

そして、妖精の背に現れた幾何学模様の羽根だった。

「クラレスッ！」

ノーマンから慌てた叫びが上がったが、妖精はそれに構わず前に出る。

一瞬だった。お手本のような矢の如き突き(フレッシュ)がノッカーの心臓に突き刺さる。

――白刃が閃く風の行進(エアリイステップ)。

「ごほっ――」

ノッカーが血の塊を吐きだし、

「……《脆鎚鉱夫(ドヴェルクノック)》ッ」

「《御手妖精(スプリガンハンド)》」

何も、起きない。

「――くそが」

「残念だね。君がボクを封じられるのなら、逆もまた然(しか)りということだ」

《御手妖精(スプリガンハンド)》。

それは空気を、固体として自在に操る力。

空気を彼女は自分の意思で、好きな形で操ることができる。

恐ろしいのは目視不可能ということだ。

さらにいえば元々は目視した周囲の空気を操るだけだった異能は訓練により歪曲範囲(わいきょくはんい)を広げ、自身を中心に数十メートル、目視していなくても遠隔で固体化し操ることも、空気成分や気圧のコントロールさえもできる。

財宝を護(まも)るスプリガン。それゆえに『妖精の御手』。

対してノッカーの《脆鎚鉱夫(ドヴェルクノック)》は逆に固いものを柔らかくする異能だったのだろう。

だが、ノッカーにとって重要なのは単なる能力の性質ではなかった。

「そういう、ことか」

「ん？」

「今の、光の羽根……っ、お前たちが特別なのは、それが……！」

背にあった羽根はもう消えてしまっている。だがノッカーの目にはそれが焼き付いていた。

「その力があれば……もっと多くのものを歪(ゆが)ませられるというのに……！」

「……！」

「自分の歪(ゆが)みを押し付けるんじゃない。ボクが歪(ゆが)ませたいものと、君が歪(ゆが)ませたいのは違う」

お前とボクは違うから。

そんなことを言われても知らない。

「それも分からないから、切り捨てられたんじゃない？」

「――っ！」

小男が何かを叫ぼうとした。

「もういいよ」

けれど、それよりも早く妖精は胸から細剣を引き抜いた。

胸から血が溢れ、喉から鈍い音と共に血が吐き出され、小男から命が流れていく。

それで、終わりだった。

多くの命を歪ませた化け物の死を以て。

狙われた二人は生き残った。

「………ふぅ。参ったな、鞘壊しちゃったよ、先生」

苦笑気味にクラレスは剣を振るって血を払う。

「ま、仕方ないよ。今度買いに行こうか。……あぁ、それと」

「うん？」

「良い腕だ、流石だね」

「――うふふ」

賞賛に彼女は笑った。

張り付いた笑みではない。

いつもとは違う純粋な喜び。

「簡単なことだよ、先生」

春に吹く風のように暖かくほほ笑んだ。

「教えてくれた先生が良かったのさ」

●

トレインジャックから二日後、首都での報告を終え、帰りの列車の中でクラレスはいつも通りにほほ笑んだ。

「いやぁ、楽しい旅だったね」

主犯を倒したはいいが、大変なのはその後だ。

いつだって後始末が大変だ。

列車を廃坑で元の方向に戻し、首都ノドノルまで向かった。その日、夜に首都にたどり着いたものの、そこから事情聴取と説明が夜更けまで続き、それから数時間だけ寝てから元々のノーマンの用事を済ませ、クラレスと観光デートをし、息つく間もなく次の日には首都を発った。

思ったよりも拘束が短かったことには違和感が残るが、不幸中の幸いとでも思っておく。

半年置きにノーマンはノドノルに出向いているが、それでも好きにはなれない。

実家にも、顔を出さなかった。

結局の所、ノーマンの居場所は城壁に囲まれた、あの風の吹かない街なのだから。

「楽しいとは言いにくかったけどねぇ」

そんなことを思い返しながらノーマンはフェルトハットのつばに少し触れた。

「特に、君と同格がいたのは驚いた」

「ボクとしては先生との賭けがいまいち締まらなかったのが心残りだけどね」

言ってから、ふと彼女は何かを思いついたように顎を小さく上げる。

「それじゃあおまけのクイズだ。実は一回だけ異能を使っている、どこか分かるかい？」

「銃弾を弾いた時でしょ？」

即答だった。

「素で杖に弾丸を当てたのは驚いたけど、そこから前に出たら飛び散った杖の破片や弾かれた弾がどうなるのか分からないからね。あの一瞬だけ邪魔なものを押し出して突いた、違う？」

「完璧だね。流石は先生」

「それこそ簡単なことさ」

「くすくす」

妖精が手の中で遊ばせたのは首都で調達した新品だ。

「……でもね、クラレス。それにしたって無茶だったよ。あの時……」

脳裏に浮かぶのは、緑に輝く羽根。

「分かってる。でも、一瞬だったでしょ？　そこは大目に見てほしいな」

「全く……頼むよ」

ため息を吐き、

「やれやれ……大変な遠征だったよ」

トレインジャックにあって、自分勝手な思想の革命家に絡まれて、余計な報告書を書くことになったのをノーマンは楽しいと思えない。

「先生はどう思う？」

「うん？」

「アンロウの人権運動。彼の行動は論外だったけど、それ自体なら」

「ふむ」

聞かれたので考える。

「アンロウに人権を、というのは悪くないよ。むしろ良い。それだけなら協力していたかも」

「へぇ。それは惜しいことしたね。先生が味方だったら上手く行っただろうに」

「そうもいかないさ」

苦笑し、

「どうやったって上手く行かない」

言い切った。

当然の摂理と言わんばかりに。

「大半の人は普通の人間だ。そんな極少数の人の為に世の中は動かないよ」

「マイノリティよりマジョリティってわけだ」

「残念ながらね」

少なくとも今の世の中はそういうものだ。

「存在の公表なんて疑心暗鬼を生むだけで、存在は隠されていたほうが良い。一々隣の人が不思議な力を持ってるかなんて考える日常は大変だよ」

だからノッカー・クロムウェルの目的はあまりにも絵空事で理想論だった。

《アンロウ》が個人で生み出す事件を超えた大きな混沌を生むだけだろう。

彼もそれを理解していたはずだ。理解した上で、行動した。

結果が、ノーマンとクラレスだけを残した空の特急。

「その気持ちは、分からなくもないけどね」

分からなくもないけれど。同意はできない。

「――――うふふ」

「……どうしたの？」

「いいや。先生がそんな風に感情的な言及をするのは珍しいなって」

「…………そういう時もあるさ」

こほんと、咳払い。

確かに、らしくなかった。

「それよりも帰ったら帰ったで、姉さんに報告しないといけないし。今から億劫だよ」

「そこは素直に大変だねと言っておこう。だけど——ねぇ、先生」

薄く、妖精は唇を曲げた。

その二色の瞳が真っすぐにノーマンを見る。

「——」

瞬間、ノーマンの世界から音が消え去った。

世界にはただ、妖精だけが美しくほほ笑んでいる。

浮世離れした、この世のものと思えないうっとりするような微笑。

「本当に大変なら、このまま逃げちゃって、バルディウムに帰らないのもいいんじゃない？」

妖精の言葉は耳から流れ込む甘美そのものだった。

「あの街が大変なのはそうだ。だったらどこかでボクと二人きり——なんて。ボクはそれでも構わないよ。先生がそう言うのなら、今の生活を捨てることに何のためらいもない」

内容は無視して、その艶（あで）やかな音色に無条件に肯定したくなる衝動に駆られる。

クラレス・エアリィステップはそういう存在だ。

《アンロウ》だからではなく、彼女自身が妖精なのだ。

違う世界に人を誘い込むいたずらっ子。

『歪曲態』の《アンロウ》としての彼女は、それを抜きにしても魔性がある。

甘い誘い。受ければあらゆる災難から彼女が守ってくれるのだろう。

《アンロウ》としてクラレス以上の戦闘力を持ったバケモノはそうはいない。

それをノーマンはよく知っている。

だから彼は答えた。

「やめておくよ」

●

そう答えることをクラレス・エアリィステップは分かっていた。

『歪曲態』は異能とは別に、周囲へ干渉したがるバケモノだ。

自身を取り巻く環境や社会を自分に都合よく歪めたがる。

一年半前のクラレスもそうだった。

バルディウムの女学校の生徒だった彼女は《アンロウ》となり、その精神性を発揮した。

結果として、生徒教師関係なく全てを自らの掌握下に置いた。

自分の言うことは何でも聞く操り人形にしたのだ。

人間を育てる場所は、しかし女王に跪く妖精郷になってしまった。

或いはそれは、生まれ持った自らの魔性を初めてうまく使ったというだけかもしれない。

一つの学園は、しかしバルディウム内の貴族や大商人の子供が多く通う場所。

できることは計りしれない。

何を歪めるかと、考え始めた頃にノーマンと出会ったのだ。

結果から言えばその時から、クラレス・エアリィステップは周囲を歪めることを止めた。

正確に言えば『何かを歪めたい』という『歪曲態』固有の渇望をノーマン・ヘイミッシュにのみぶつけることにしたのだ。

他人を歪ませたいということはあり方を変えてしまうということだ。

正しいことを望む人を悪徳を望む人にしてしまったり、誰かの悲しみに寄り添う人を誰かの悲しみに喜ぶ者にしてしまったり、ただの人間をバケモノに変えてしまったり。

四人の《アンロウ》の首輪を握っている彼を、一人だけの首輪を握るようにしたり。

ノーマン・ヘイミッシュという男は、あまりにも頑固だとクラレスは思う。

一年半前に出会ってから、この青年はずっと変わっていない。

クラレス・エアリィステップという妖精と寄り添い合いながら――――涙花や魔犬、宝石と共にありながら彼はずっと変わっていない。

クラレスを手のかかる生徒として見ている。それどころか護身術まで教えてくれた。

ノーマンには譲れないものがあり、優先順位があり、それをクラレスは変えられない。

自分を一番にしたら面白いけれど。

変わらないでほしいなとも思う。

もしも自分が少し誘惑しただけで変わってしまうのなら、彼に興味を持つことはなかった。

妖精はすぐに壊れるおもちゃに興味はない。

おもちゃとは永遠に遊びたがるのだ。

クラレスは最初の襲撃の時点で《アンロウ》による事件だと気づいていた。

彼女の異能の有効範囲は数十メートル。つまり、列車全体を最初から完全把握していた。

それぞれの列車の様子も、機関部に小男が待ち構えていたことも。

全て解(わか)った上で知らないふりをしたり、途中でノーマンにゲームの誘いをしたのは彼がどんな判断と選択をするのかを見たかったからだ。

勿論(もちろん)、彼を全力で守っていたのは事実だったけれど。

何があろうとノーマンを傷つけるものをクラレスは許さない。

歪(いびつ)な愛情。歪(ゆが)んだ情愛。歪曲(わいきょく)した慕情。

間違っている自覚はある。

ノッカー・クロムウェルが間違っていたのはそこだ。

別に、《アンロウ》の人権どうこうはどうでもいい。

好きにすればいいのだ。

それでも《アンロウ》が自分が正しいと思ってはならない。

自分の都合で周りを好き勝手するなんて。

そんなの、良いわけがない。

守護者の財宝に手を出したら――どうなるかは、自己責任だ。

――《御手妖精》は宝物を護る。

「くすくす」

じっくりと目の前の、自分がお宝と定めた青年を、舐め回すように見つめる。

どんな視線を向けても彼は変わらない。適当に肩を竦めるだけ。

「ならば今日は何も言わないでおこうか」

「うん。君の誘いは俺も困ってしまうよ」

「おや、それは違うね、先生」

すっ、と杖が動いた。軽い動きでノーマンの胸の中心を押さえる。

「むっ」

それだけでノーマンは動けなくなった。

完璧に身体の正中線を押さえられたから。これも、ノーマンから教わったこと。

押さえつつクラレスは立ち上がり、ノーマンの膝の上に跨った。

体を押し付けた。

至近距離、互いの吐息が届き、視線が絡み合う。

妖精が、笑う。

「ボクは外に音が伝わらないようにできるよ」

囁く声は甘く、とろけるように。

異能を使って直接鼓膜に届かせる。

これがかなり快楽らしい。

脳髄が痺れるような、とかなんとか。

「都合よくこの個室の扉はガラスがついてないから、外からは何も見えない、ね」

「——つまり？」

「バルディウムまで何時間かな。何をしていても、誰にも、分からない、よ？」

微かにノーマンの喉が鳴った。

その反応は、素直に嬉しい。

あり方を歪ませられなくても。

それとこれとは話が別だ。

「さぁ先生、選んでよ」

背から伸び、わずかな緑の色を宿した空気の歪みが彼を逃さぬように包み込み、妖精は笑う。

いつも通りの笑みで、いつも以上の愛と情欲を込めて。

妖精の護り手は自らの財宝をたっぷりと愛でるのだ。

「先生の選択が——何よりもボクを愉しませるんだから」

インターバル　4

「実際問題《妖精(エアリイステップ)》は大したものだよ。私も多くの《アンロウ》を研究してきたが、その中でも抜きん出ているね」

「おっと、意見が合うじゃないか。全くその通り、クラレスは凄(すご)い。先生なんて呼ばれてるのが恥ずかしいくらいだ」

うんうんと、二人の少年は頷(うなず)き合(あ)い、

「しかしあれは手綱を握れていると言えるのかね？」

「あの奔放さがクラレスの魅力だ」

「ふむ。まぁ君の惚気(のろけ)はもう流すことにするが、一つ疑問がある」

「帰りの列車の話はプライベートだよ」

「そこはどうでもいい。聞きたいのはノッカーのことだ。彼は優秀な《アンロウ》だった。主に『カルテシウス』の障害となる要人などの暗殺を請け負っていたんだが……」

はてと、ジムがわざとらしく首を傾(かし)げる。

「異能が封じられてしまえば身体的には人間と変わらないはずの《妖精(エアリイステップ)》が、本職の殺し屋と白兵戦をして、勝てるものかね？」

「それだけクラレスが強かったってだけさ」

「無理があるんじゃないかなぁ」

重くじっとりとした視線は納得ができないと語っている。

「例えばだけど、本当にノッカーは最後に何も言わなかったのかい？」

「何も言い残さなかった。話しただろう？　心臓を一突きで即死だったのさ」

「ふぅーん。へぇー、なるほどねぇ」

「…………」

「異能が機能していたら私もそれで納得したけどね。互いに打ち消しあった状態で、《妖精》が勝つというにはどうも疑問だ。何か、特別なことが起きたのではないかな？」

「残念だけど。現実ってやつは時に陳腐なもんだよ。何もなかった、これで終わりさ」

「んー……そうかね」

何度か頷き、

「なにはともあれだ。大変な旅だったねノーマン君」

「その大変な旅の後にこんな目に遭ってるんだけど？」

「仕方ないんだよ。首都では君も事情聴取をされたが、後ほど首都の『カルテシウス』本部で話し合いの結果、ある疑惑が生まれたんだから」

それは。

「ノッカー・クロムウェル。彼は君と繋(つな)がっていたのではないか、とね」

「…………はぁ？」

「不思議なことはないだろう？　君の《アンロウ》への入れ込み具合は有名なんだよ」

「……俺の話、聞いていた？」

「聞いていたがね――君の話が、どこまで真実かという問題がある」

「…………はぁ」

嘆息と共にノーマンの体から力が抜ける。

それを言われてしまえば元も子もない。

この尋問の意味が、全て失われてしまう。

「本部では《鉱夫》と君でトレインジャックを企て、しかし関係性が決裂したと見ている。あの列車にはバルディウムの『カルテシウス』と繋(つな)がりの深い貴族や有力者も多く乗っていた。狙う理由には十分だ。人権運動にしても、君がやることに不思議はない」

だって、

「言っていたじゃないか。君の四人はバケモノではなく、人間だって」

そういうわけでと、ジムは大きく腕を広げた。

「君の話は終わったが――本題は、ここからだよ？」

終幕
バルディウム・ヒーロー
The Balldium Hero

「──と、いうわけだノーマン君。改めて君の罪状を羅列してみよう。治安動乱。器物損壊。さらには、『カルテシウス』への背反行為疑惑。君がなぜこんな目に遭ったのか、分かってもらえたかな？」

「いや、全く。特に最後は言いがかりにも程がある」

「そうかな？　君が定期的に首都に行くのも、その準備だったんじゃないかい？」

「あれは姉さんの代理で本部へ報告に行ってるだけって知ってるだろ」

「しかしだねぇ。『カルテシウス』は君を疑っている。だから私が尋問なんてやっているわけだし。違います、と言われてはいそうですかと頷いて終わりというわけにはいかないんだよ。君に話してもらった四つの事件はそれぞれ独立しているが、それゆえに君の減点は重なっている。何かしらの処分は免れないと思ってほしい」

　そこでジムは大げさなため息を一つ。

「いやはや、友人として心苦しいんだよ？　他人に尋問を任せれば問答無用に有罪判定になりそうだったから、私がこうして尋問官を買って出たというわけさ」

「……話は随分最初に戻るんだけど、このまま行くと俺はどうなるんだっけ」

「処刑だね。エージェントも余っているわけではないが、しかし最後のは明確な反逆行為だ。『カルテシウス』もそんな人間に甘い処理はできないよ」

「──君が介入したら？」

「んふっ」

笑みの質が変わった。それまで張り付いていた笑みは、もっと深く、濃く。

これが本題だ。

「取引だ、ノーマン君」

言葉は謳うように。

「君に提示するメリットは単純明快、処刑の回避。加えて私の方で手を回して今回の負債も全て帳消しにしてみせよう」

その代わりにと、前置きをし、

「――――《アンロウ》の軍事利用を手伝ってもらいたい」

●

「……軍事利用？」

「そうだ。何故か、なんて言うまでもないだろう？」

ノーマンに表情はなかった。

何も感じていないというよりは何かの感情を押し込めているような無表情。

ジムは笑っていた。

ニタニタと口端を吊り上げて、この状況がこれ以上なく楽しいと言わんばかりに。

「二年前の戦線で我が国は大敗し、莫大な報奨金と引き換えに休戦している。だがそれも所詮は一時的なものだ。今後いつ戦争が再開するかは分からない。その時どうするか？」

様々な異能を持つ《アンロウ》。彼らはそれぞれの精神に応じた事件を起こす。

でもそれを、戦争に用いたのなら？

「私は《アンロウ》なんていうバケモノは全く反吐が出るほど嫌いだが、利用価値は認めている。育成にコストは掛かるが兵器としての見返りは素晴らしい」

「……それで？」

「スカウトだよ、ノーマン君。《アンロウ》の手綱を握る手腕に長けた君を私は誰よりも評価している。私が結成する《アンロウ》の特殊部隊を君に任せたいと思うくらいに」

「………」

「戦場にて敵を殺すか。或いは敵国に潜入するスパイとしてかは異能によるだろう。スパイというものが強く求められていく時代だ、勿論、待遇や給料は保証するとも」

「………」

「一度は君も国に命を捧げたものだ。国の為に銃を握ることと同じさ。どうだろう、ノーマン君。答えを聞かせてほしいな」

ノーマンは肩を竦めなかった。身じろぎもせず、表情も変えず。

ただ一つを問う。

「あの四人は？」

「もちろん——君のペットなんだ。今後は君の兵器になってもらうだけさ」

「そうか。もういいよ」

●

一瞬だった。

気づいた時にはジムの眼前にノーマンがいた。

ゆらりと、音も気配も無く長机に飛び乗っていたのだ。目を離していなかったはずなのに。

縄で四肢を縛り付けていたはずなのに。先程までジムが手にした書類は踏みにじられて。

それでも、並べられていたシズクたちの写真は踏んでいなかった。

「——がっ⁉」

立ち上がろうとして、失敗する。

ノーマンの蹴り足が、ジムの右膝を打つことで動きを遮ったからだ。

つんのめって前に出た頭を、肘で打撃。長机から降り立ちながら脇でジムの首を抱え込んだ。

「待ちたま——」

「断る」

ごきりと、鈍い音がした。ノーマンがジムの頸椎を折り砕いた音だった。腕から力を抜けば、つい先程までにたにたしていた少年の死体が転がる。それには構わず、

「……流石に疲れたな。というか、どこだよここ」

疲労を滲ませた足取りで、奥の長机に両手をついた。

「四人を止めに行ってその後姉さんを解放するか？　後始末は丸投げするか……いやみんなと逃げちゃうか。いざという時のための伝手は用意してあるけど――――、っ」

ブツブツと呟いていた最中、突然振り返った。

背後の異変は二つ。

左手にあった扉が半開きなこと。

そして、ついさっきノーマンが作った死体がどこにもない。

「ぇぇ…………、おっ？」

視線が上を向く。というよりも、反応したのは耳だ。

かんっかんっ、と小気味の良い足音が頭上から聞こえてきた。

「……なるほど？」

一つ頷き、机の上の物を回収し始めた。

服装を整え、コートの内側に私物や折りたたみステッキ等を収めていく。銃は弾が装填され

ていることを確認。最後にフェルトハットを頭に乗せ、

「やれやれ…………悪趣味な男だ」

ため息の理由は、歩み寄った窓の外。

眼下に広がる夜のバルディウム。これを一望できる高い場所は一つしかない。

「…………バルディウムタワーか」

●

ごうっ、と強く風が吹いた。

バルディウムタワーの最上階。

シンボルとして大きな鐘が備えられた大鐘楼がある。

石造りの鐘楼はそれなりに広く、四方を石柱で支えられている。壁は元々作られていないので城壁に囲まれた街が一望でき、風が強く吹き付けているのだ。

その中央、大鐘の真下でジム・アダムワースはノーマン・ヘイミッシュを待ち構えていた。

首の骨を折ったはずなのに。彼は当たり前のように立ち、生きていた。

「この街は奇妙だと思わないかね」

開口一番、彼は語り出す。

「あの城壁は、何時からあるか記録に残っていない。ただ、元々設立当初の『カルテシウス』を支援する貴族から始まったらしい。金持ちが移り住んで、それに雇われる者が集まり、いつの間にか少しずつ発展し、街となった」

「で？」

「そんなかつてのバルディウムだが、結局今は知っての通りバケモノの巣窟となっている。週に一度は《アンロウ》による事件が発生し、君は街を駆けずり回っているわけだ」

最初の目的とは違う結果。この街は確かにおかしい。

「――この街は《アンロウ》の実験場だと、私は思っている。『カルテシウス』本部でも調べたがどうにもはっきりしないんだがね」

「だったら――君も、《アンロウ》なのか？」

有りえないと、ノーマンは思った。

異常な再生能力。

そういう異能を持った《アンロウ》がいても全く不思議ではない。

問題はジムが、『カルテシウス』でそれなりの地位にいる彼がそうだということだ。

「まさか。私をバケモノと一緒にされても困る」

「じゃあなんなんだよ」

「私の研究は《アンロウ》の位階についてが専門だが、位階を上げる方法は地道な訓練か心身への大きな負荷が必要だ。後者を強制すれば手っ取り早いんだが、被検体の数には限りがある」

「………そういうことか。反吐が出る」

「そう、これは《アンロウ》を強制的に生かす為の人為的な不死化手術だ」

「馬鹿馬鹿しい。そんなことができて軍事利用したいなら、それを量産すればいいだろ」

「残念ながら成功率が低くてねぇ。《アンロウ》は勿論、常人に対してもうまく行かない。今のところの成功例は私だけだったりするんだよ」

「失敗すればよかったのに」

ノーマンは喉からこみ上げる吐き気を飲み込みつつ、吹き付ける風に帽子を押さえる。

長々と聞いていたい話ではない。

だが、ジムは語りを止めなかった。

「さて、驚愕の真実を明かしたところで、だ。状況は何も変わっていない。ただでさえ諜報員の失踪で人手不足だ。その上、君を捕まえた時、さっきみたいな殺し屋の挙動で私の私兵二十人を皆殺しにしてくれたのもまぁいいだろう。水に流す」

「拘束するはずなのにあんな殺意剝き出しで来られたら仕方ないでしょ」

「はっはっは。で？　君の嫌疑に脱走と殺人が追加されたわけだが？」

「――――あれ、君が全部の黒幕だろ」

●

ノーマンは頭の中のスイッチを全て切り替える。

シズクたち四人と行動を共にする時、ノーマンは自らの思考と能力と行動を切り替えていた。手を抜いているとかではなく、純粋に彼女たちにその能力を十全に発揮してもらった方が圧倒的に事件解決が迅速だから。何より、彼女たちに求めるものに応えるために。

「……ほう、その心は？」

「トレインジャック、あれはよくできていた」

「路線の切り替えかね？」

ジムは動揺しなかった。

むしろノーマンに対し、何かを期待するかのように笑みを浮かべている。

「違う。その前だ。ノッカー・クロムウェルの手下たちはどうやって貨物車に潜り込んだ？乗客と一緒に来てたなら事前に俺も気づいたはずだ」

「ならば……ふむ。乗客が乗車した後に乗り込んだか、乗客よりも前から潜んでいた」

「そう。そうなると、実行犯以外の段取りがある」

「それは？」

「────メアリー・ウォールウッドは運送会社の社長だった」

最初の事件で殺された女。彼女は夫を亡くし、その手腕で運送会社を背負った敏腕社長。

だけど、彼女は死んだ。

そして城壁都市であるバルディウムにおいて運送会社というのは重要な仕事だ。

「そんな彼女が死んでしまえば会社が動かなくなる。或いは、ほころびが生まれる」

語りながら、ノーマンはこれまで見て来たものを頭の中で張り巡らせる。

それはまるで地図だ。

自宅、リビングの光景。家具はそのままに置かれており、置かれている小物が情報。

まず手にしたのは列車の模型。床に落ちていた女物の寝巻を見て、次に意識を向けたのは、

「ジャクリーン・ハーレイが殺したブロント・バイロンは貴族間の骨董品のバイヤーだった」

血にまみれた包帯だ。

「彼女の起こした事件によって彼は殺され、違法な売春宿が明らかになり貴族は警察から取り調べを受け、圧力も受けた。結果的に彼らは動きを制限されることになった」

包帯を手繰り寄せてたどり着くのは薄汚れた箱の中の薄汚れた金貨だ。

切り裂き魔が正そうとした欲望。切り裂き魔を生み出した地獄。

「話が飛ぶねぇ」

「この時点ではそうだ」

だけど、記憶の部屋を歩き目にしたものを見れば話は変わる。

フィルジー・ミュールが盗もうとした大きなダイヤの指輪。

それは女物の寝巻の上に転がっていた。

「怪盗事件。あの一件で博物館は全壊して機能は停止した。そうなったら問題は無事だった展示品はどうなるか。壊れた博物館にそのまま置いておくわけにはいかない」

「――金持ちが買うか、都市内の別の場所、或いは別の都市の博物館に移送するか」

「そう。だけど貴族たちは売春宿の一件のせいで動きを制限されていた。特にアンティークを欲しがるような連中は殺されたブロント・バイロンのせいで大きな買い物なんてしたくなかっただろう。おまけにあれは元々曰く付きで、その曰くに博物館全壊も付いた。この都市でも取引先を見つけるのは難しい」

部屋から金貨の入った箱が消える。

「なら都市外の博物館に移動しようとなる。そうなると誰が？　物を運ぶなら運送会社だ」

「それがウォールウッドの会社だったと。確認はしたのかい？」

「したよ。特急の死体に博物館の館長がいた。運ぶものの目録にはあのダイヤもあったし、ウォールウッド商会が発行した書類もあった」

見つけたのは食堂車輌だ。死体には貴族や高価なものを扱う商人がいた。

その中には美術品の輸送を見届ける為にバルディウム博物館の館長もいたのだ。

「ふむ。しかし、何故態々社長が死んだような危うい会社に運送を？」

「——ここで、話が最初に戻る」

「あぁ、なるほど」

ジムが納得したように頷いた。

ノーマンは動かず、ただ息を吐いた。

「君、メアリー氏と仲が良かったってさっき言っていたよね」

そうしてトレインジャックが起きた。

四つの事件は別々の事件だった。だけど、違う。

それはまとまり、一つのものに。

「——四つの事件は全て繋がっていた」

「それが私の犯行だったというのか？」

「そうだ」

頷きつつ、両手の五指を合わせる。

ここからが、本番だ。

「ノッカー・クロムウェルはこう言った。『お前たちがこの列車に乗ると情報を掴んでいた』って。なるほど、だからトレインジャックを起こしたんだろう。でも冷静になるとおかしい。彼は『カルテシウス』から切り捨てられている。いつかは知らないけど、それでも俺が首都に行くのは定期だし、クラレス同行が決まったのは最近だ」

ノッカー・クロムウェルは、ノーマン・ヘイミッシュの同行者がクラレス・エアリィステップだから実行したのに。

『カルテシウス』から切り捨てられたはずの革命家がどうやってそんなことを知ったのか。

「或(ある)いは、メアリー・ウォールウッドはどうしてアルフレッド・カーティスの変化に気づいた？　本当に将来の相談だった？　そうかもしれない。でも、目覚めたばかりの《アンロウ》は自分の変化を全力で隠すはずだ。なのに……誰かが教えたんじゃないか？」

そうやって少し疑問を抱いてしまったのなら、

「そうなると全てが繋(つな)がってくる」

誰かが、メアリーに告げ口したのではないか。

誰かが、ジャクリーンにバイロン氏を殺したらどうなるかを語ったのではないか。

誰かが、博物館館長をけしかけたのではないか。

誰かが、ノッカーにノーマンの行動を教えたのではないか。

「誰かが、裏で糸を引いた」

こじ付けに近い羅列はか細い糸だ。

疑心暗鬼に疑心暗鬼を重ねてやっと見えるもの。それをあると仮定したのなら。触れた者を搦(から)め捕(と)り、糸同士が絡(から)み合(あ)い、この街に張り巡らされている。誰かの意図で紡(つむ)がれる悪意。

目に見えないような、見ても気づかないような細い細い――――蜘蛛の糸。

「その誰かが――――君だ」

●

「見事な推理だ。まるで名探偵だね」

しかし、

「誰がとかどうやってとかはどうでもいいと言っていたのは君だろう？　君が語るべきはそこではない。どうして、のはずだよ。」

「知るか、興味ない。報告書を書くわけでもないのに」

「そこだよノーマン君！　君の！　そういうところ！」

これまでずっと、張り付いていた笑顔が消え去る。泣きわめく子供のような顔で叫ぶのは、

「君！　私に対してちょっと無関心すぎないかい⁉」

「…………………………は？」

「君と私、友達だろう⁉　なのに君はいつもあのバケモノの話ばかり！　さっきの尋問のことじゃない！　能力をどう安定させるかとかどう応用できるとか！　たまに私の研究室に顔を出して聞きたいことだけ聞いて帰っていくんだから！　君が帰った後、一人傷心する私の気持ち

も考えてくれ！」

「…………ちょっと待てよ。それが君の理由？　構ってほしいだけでこんなことしたのか？」

「いや、勿論実利的な意味もあるよ？」

一転して理性を取り戻すが、その切り替えの早さは不気味でしかなかった。

「ぶっちゃけると私が知りたかったのは《位階Ⅲ》の先だ。それをノーマン君なら知っていると思ったが、言ったように君はあまりにも冷たい。なので、あの手この手で君の身を危険に晒せば何か摑めると思ったわけだよ」

「こいつ……。俺から聞き出したいとか言うけど、事件の中で殺されたらどうするんだ」

「そこは君を信頼してたのさ。結果的には芳しくなかったが。君は教えてくれないし、四件の戦闘を部下に監視させても『妖精』と『魔犬』では成果無し。『宝石』の場合は博物館の倒壊に巻き込まれて死に、なんなら『妖精』には『鉱夫』の一派をまとめて殺されている」

「被害者面するなよ」

「うん、まぁいいよ――だが君が冷たいのは良くなぁい！」

「なんなんだよその情緒。笑わせようとしてる？」

「ふっ……君が笑ってくれるなら、頑張った甲斐があったよ……」

「…………」

「おっと冷たい目線、ゾクゾクするね！」

身悶えする様には生理的嫌悪感しか感じない。

だが、それがジムのどうして。

ノーマンに構ってほしかったから。

ノーマンから聞き出したいことがあったから。

理解できない。したくもない。

「そういうわけだ！　全ての種明かしは終わった！　我が友。我が探偵。君を嵌めたことは一度殺したことでお互い様とするから！　一緒にバケモノを研究し、支配しないかね⁉」

「――――ふざけるなよ」

この期に及んで。片や相手を嵌め追い込み、片や相手を問答無用で殺したというのに、まだお互いに話し合い、手を取り合えると思っている。これ以上なく身勝手に。

人の心を弄び、偽り、独り善がりに、思いのままにする。

「バケモノ……バケモノだって？　誰がバケモノって話だよ」

ぎちりと、音がする。心が、軋んでいく音。

目の前の現実。隣にいる誰か。見えなくとも触れていなくても擦れ合い、生まれて行く軋轢。

「――――あぁ……だから、そういうことだよ」

思わず舌打ちが出た。これだ。これなのだ。

これが許せないからノーマンはこの街にいるのだ。

「君は彼女たちをバケモノと呼ぶ。だけどさぁ。気持ち悪いなぁ、鏡を見ろよ」

《アンロウ》というバケモノの烙印を押して。兵器として、道具として。自分たちの都合や欲望や勝手のままに利用して。人としての権利を認めず、異能だけを見ている。

「バケモノはどっちだ？」

自らの意思で犯罪を犯したのなら、好き勝手異能を使ったのなら仕方ない。それは罰せられるべきだ。だけど、そうじゃなかったら？　異能による事故だったり、暴走したとしても一線を越えていなかったら？

色々な考えと色々な能力を持つ者がいる。その違いが少しだけ大きいかどうか。

きっと、それは大した違いではない。

罪を犯さずに、正しいことを、みんなと違いながらみんなの為に何かをしたり、みんなに迷惑をかけないように生きることができるはずなのだ。

「バケモノで悪いんじゃない。バケモノで悪いことをする誰かがいるだけだ――君のような」

「おかしなことを言うね、ノーマン君。君だって、あの四人を利用しているだろう？」

「あぁ――そうだ。その通りだ」

自分だって、傍から見ればジムと大差無いのだろう。

自分の都合で、あの四人を優先して他人を追いやり、殺し、拒絶している。

「それでも、そんな俺に、俺みたいなバケモノに――彼女たちは愛をくれた」

　それぞれの言葉で、バケモノのノーマン(きみ)に告白を。

『――ええ、この音色が私を温めてくれるんです』

『どちらの姿でも構いませんが――どうか、ありのままの私をご覧ください』

『お前がそう言ってくれる限り――私は探偵であり続けよう』

『先生の選択が――何よりもボクを愉(たの)しませるんだから』

　空っぽだった世界に、色を灯(とも)してくれた。

　だから、彼女たちの心が蔑(ないがし)ろにされることが許されるなんて許さない。

　許せないなら――全てを懸けてやり遂げるだけだ。

「だから、俺は君を殺す。死なないなら諦めるまで殺す。諦めないなら死ぬまで殺す」

「――いいね！　それもまた良(い)い！　ではそうしよう！　今の私を殺せるのか推理してみてくれ、実証して見せてくれよ！　君が探偵役で私が悪役だ！」

「なんだっていい。どんな肩書があっても、結局俺たちを示す言葉は一つさ」

　それは、

「同じ穴の貉(むじな)だよ。貉(むじな)同士――食らい合うだけだ。バケモノらしくね」

探偵の冷たい瞳は鋭く悪役を見据えた。懐から取り出した折りたたみ式のステッキを軽く一振りして展開。その柄の中頃を握って自然体に。悪役は満面の笑みで笑っていた。瞳を爛々と輝かせ、両の拳を眼前で構えている。

彼我の距離は数メートル。光は四方の石柱にある電灯と月明かり。

「さぁ、楽しもうノーマン君！」

悪役が軽い動きで前に出た。けれどそれは人外の身体能力だ。彼我の距離が瞬きの間に詰められ、鋭い右のストレートパンチが飛ぶ。堂に入った、教本通りの完璧な動き。

「――――おぉ⁉」

ベキリと、音がする。木材がへし折れたようなそれは悪役の右肘が折れた音だった。

自分に迫る右の拳をいかなる技術か、ステッキを握った左腕で捌いた。そして悪役の腕が伸びきるよりも早く、杖を絡めながら関節を固定し、加速を利用する形で片腕をへし折ったのだ。

「二回目だ」

そしてそれで探偵は止まらない。悪役の右腕に絡めた左腕、その手首をずらしてステッキの杖先を動かす。狙いは悪党の喉元。ガツンと探偵は杖の柄で殴りつけた。

必然的に杖先が飛び出し、悪役の喉に激突する。

「ご――――っ」

鈍い音が悪役の口から漏れる。言葉にならない声。正面からぶち込まれた杖は喉を潰し、その奥の頸椎を粉砕する。花が落ちるツバキのように、かくんと首が不自然な方向に折れた。

一瞬のカウンターによる即死だった。

だが、即死したはずの折れた首から繋がる顔に歪んだ笑みが濃くなった。

「はぁ…………さす」

流石、と言おうとしたが、続かなかった。既に探偵は動いている。

左足の蹴りで悪役の右膝を押しつぶすように蹴り込む。身体能力や肉体強度とは別に、人体構造上、悪役の膝が崩れた。絡めていた自身の左腕で勢いで揺れていた悪役の頭部を鷲掴み。

「――――ふっ！」

鋭い呼気と共に、そのまま顔面を石畳へと押し込みながら叩きつける。

ぐしゃりと頭蓋骨が砕ける音。

「…………」

全力で叩きつけた勢いを殺さず石畳で一回転してから立ち上がり、振り返った。

赤い命が頭部から零れ、石畳を穢している。額が砕けた上で脳も損傷しているはずだ。

人体の急所、構造。どこをどうすれば効率的に人を壊せるか。

かつて軍医だった探偵は良く知っている。

人を助ける為の技術と知識を、人殺しに使っているのだから酷い話だけれど。

「これで三回」

首が折れ、顔面が潰れた死体を見据え、

「ノノノ、ノーマママンンクゥンッ!!」

探偵の名を叫びながら悪役が跳ね起きた。首は既に修復され、顔面の傷も修復が始まっている。で若干言葉が怪しかったし、足取りも数歩揺れていたがそれもすぐに正常なものに。

「……気持ち悪いなぁ」

直視して見れば逆再生のように傷が塞がっていく。

流れた血はそのままだが傷を肉が埋めていくのは凄惨な光景だった。

「そうは言うなよノーマン君！　君だって同じことができるだろう！」

哄笑を上げながら悪役は抱きしめるように探偵に迫る。

今度は左フックが夜の空気を裂くように探偵の顔へ。探偵はただ、膝を落とし頭を下げて避ける。わずかにフックが顔を掠め、耳が少し裂けて血が舞う。悪役の懐に潜り込むように右半身を押し出し、その勢いのままにカウンターで右肘を叩き込んだ。

「ぐはっ……！」

肘は正確に心臓の位置に打ち込んだ。

悪役の方の勢いを利用しているために深く突き刺さり、肋骨を砕く。

右腕による反撃が発生するよりも先に、杖の持ち手を悪役の右踵に引っ掛ける。持ち手ごと掬い上げるように踵を蹴れば、悪役の体が引っこ抜かれるように後ろに倒れる。

「――――四回目」

倒れて行く燕尾服の胸元を掴んで引き止め、ステッキの柄を左目に突き刺した。

濁った水音と共に眼球を潰し、引っこ抜けばゆっくりと倒れて行った。

「今のはちょっと汚いな」

適当に柄を石畳に擦りつけておく。ただし、視線は悪役から外さずに。

「…………酷いことを言うね、ノーマン君」

「……嫌になる」

嘆息しつつ、起き上がる悪役を注視する。

正確には傷口を。潰れた左目はやはり逆再生を引き起こしながら修繕されていく。

急所を撃ち抜き、首を砕き、脳を傷つけ、眼球も潰したのに全ての傷は治っていく。

治っていく傷に注視し、それの様を不快に思いながら目に焼き付け、

「⁉」

脇腹に灼熱。激痛に思わず崩れ落ちた。右の脇腹から血が溢れており、反射的に圧迫。

「はっはっは、私も一応仕込んではいたんだよ」

悪役の手には小さな銃。袖の中に仕込める小型の単発式だ。

探偵が悪役の傷口に注視して、反応が遅れてしまった。

「だが……しかし、心臓を狙ったつもりなのだがね」

「っ……銃口と、視線と……腕の角度を見れば射線は計算できる。ちょっと……気を取られ過ぎて、避けきれなかった、けど」

「ふふふ……さらりと凄いことを言ってくれるじゃないか」

感心し、傷を治しながらも若干足取りが怪しいのは血を流し過ぎたからだろうか。

それでも悪役は笑っていた。

「いやはや、見事な体術だ。不死身になったところで死なないだけと実感したよ。この一件が終わった後、技術も鍛え直すとしよう。その傷は治療しないと拙そうだし、お開きにするかな」

「どうでもいいよ、そんなの」

ノーマンはただ、吐き捨てつつ立ち上がる。足取りはおぼつかなかったが、それでも。

「ノーマン君！　あまり無理をするな、私は君に死んでほしいわけではないよ！」

「――――知るかよ」

近づいてきたジムが、手を伸ばせば触れられる距離になり一転。

彼は瞬発した。肉食動物のような動き。自身の損傷を無視して彼の背後に回り込み、

「!?」

細剣を自分ごとジムの胸に突き刺した。展開式ステッキに仕込んでいた刃だ。

「何を……しているのだノーマン君！　君にハグされるというのは悪くないが、剣を突き立てるとは！　私はともかく君は……！」

「急所はズラした。……まぁ君が変に動くとズレて大きな血管にあたりそうだけどね」

それを聞いてジムは動きを止める。ジムは死ななくても、ノーマンはそれで死んでしまうから。彼はどこを傷つければ危ないか危なくないかを熟知している。

「それに……別に無駄ってわけじゃない」

一歩、ノーマンが前に出る。膝裏を押されてジムも同じ動きをした。

「君は確かにほぼ不死身みたいけど、ほぼだ。出血は戻らない。肉体構造は人間のまま」

一歩、前へ。

「それに修復にも限界があるんじゃない？　最初の傷と最後の傷だと明らかに最後の方が治るのに時間が掛かっていた」

ノーマンが銃弾を受けたのはそれが理由だ。眼球の傷を注視して時間を計っていた。

一歩、前へ。

「本当に完全な不死身ならそこのズレはおかしい。つまり君の再生にも限度がある。その為のリソースは知らないけど、それが分かるなら十分だ」

「君は、そこまで考えて――」

一歩、前へ。

名探偵の定義は様々あるだろうが些細な事実を見逃さず、真実を導きだすことが名探偵というのならば。間違いなくノーマン・ヘイミッシュは名探偵に相応しい。

また一歩、さらに一歩前へ。

「ノーマン君は、まさか！」

「そのまさかさ」

さらにもう一歩前へ。

そうすればもう、大鐘楼の端だった。

もう一歩進めばタワーから地面にまっしぐらだ。

落ちれば、当然死ぬ。足元に広がるのは遠くの街並みとは対照的に漆黒の暗闇しかない。

「流石にこの高さから落ちれば君も死ぬんじゃないか？」

「だがそれは！　君も死ぬ！　私と心中する気か⁉　それはそれで面白いがね⁉」

面白いのかよと、流石にここまでくればノーマンも苦笑した。

ここまで来たのにノーマンが死ぬからと動いていないこの男はどうにも筋金入りだ。

「どうしてそこまでする？」

「これくらいしないと止まらないだろう、君は」

「――――いいのか？　君はそれで。君の愛しい人たちは」

問われ、幻視する。
シズクを。エルティールを。ロンズデーを。クラレスを。
失血による幻覚だろうか。彼女たちは止めろと叫んだ。
そしてさらに問う。頭の片隅で自分自身も問いかけてくる。
――どうしてこんなことをするのか？
「……はっ」
小さくノーマンは笑った。
ジム・アダムワースに対してではない。
幻想でしかない彼女たちに。
或いは、自分に。
「――簡単なことだよ、愛しい人」
刹那、風が吹き付ける。一歩踏み出すまでもない。
街を護ろうとする英雄の背中を押した。
ノーマン・ヘイミッシュとジム・アダムワースは空に投げ出される。
眼下の暗黒はまるで滝壺だ。
夜にそびえる塔はさながら大きな滝のように。
探偵と悪役は諸共に滝壺へと落ちて行く。

●

強い風のせいで二人の体は離れ、鮮血が舞う。

命が、空に零(こぼ)れて行く中でノーマンは既視感を覚えた。

シズクの幻視だ。

どこか、高いところから落ちる光景。あの時見たのはこれだったのだ。幻視通りなら地面から彼女が何もできず見上げているかもしれない。

だが、ノーマンは信じていた。

自分が確実に死ぬという状況で、その場にいるのはシズクだけではないということを。

そして、舞い散る血が空中に落ちて跳ねる様を見た。

次の瞬間、声を聴いた。風に乗って届けられた声を。

「全く、ボクを連れて行かないからだよ先生」

声と共にノーマンは板のようなものに激突した。否、激突というほどのものではない。

それは極めて薄い空気の壁だった。

単体ではあっけなく割れてしまう程度の強度のものが何十、何百枚もノーマンの落下方向へと展開されていた。連続する壁に飛び込んだ体は板の脆(もろ)さゆえにダメージはなく、しかし何重にも重なったがゆえに落下速度が落ちて行く。

大切なものを包み込むように、空気というものの在り方を歪（ゆが）めて行くのだ。

——《御手妖精（スプリガンハンド）》は宝物を護（まも）る。

無論、それで解決というわけではない。

ノーマンの体を気遣って脆（もろ）く作られた空壁では加速を消せなかった。

「助手の後始末は私の仕事だが、限度があるだろう」

だから宝石は中空で探偵を摑（つか）んだ。塔の半分頃、褐色の女がノーマンを抱きかかえる。

どうやったのか。その問いはいつだって簡単だ。

尋常ならざる身体能力でタワーの外壁を駆け上ったのだ。

そのまま体を回転させ遠心力で再度外壁に近づき、

「フッ——！」

強度を上げた手をぶっ刺した。手首から先が外壁を削りながら二人が落ちて行く。

今のノーマンの体で無理やり落下を止めたりするのは負担が激しすぎる。既に彼は外壁に取りついた衝撃で意識を失いかけている。だから手首をブレーキとしながらも滑り降りた。

逸脱した身体能力と身体機能。それが彼を救う最善だと推理したから。

——《不穢宝石（アンビルセルメイデン）》は真実を指し示す。

「受け止めなかったら殺すぞ！」

彼女は地上数メートルの高さでノーマンを可能な限り優しく放り投げた。

それでもなお、命の危険が終わったわけではない。地上、大した灯り(あか)はなく暗闇に包まれている。数十メートルが数メートルに変わっただけでは地獄は終わらない。

「────わん！」

だから漆黒の魔犬が駆ける。

大きな体を宙に投げ出し半身でノーマンの体を受け止める。美しい光沢の滑らかな毛並みで。着地のことは考えず、腹を使って主を受け入れた。そのまま魔犬が石畳の地面に落下する。全ての衝撃を引き受け、ノーマンにはベッドに飛び込んだ程度の感触しか与えなかった。

地獄だったはずの大地に魔犬がいる。人から変貌しても、変わらぬ忠義を燃やして。

────**《黒妖魔犬(ブラックドッグ)》は地獄に輝く。**

「ノーマン様！」

すぐに魔犬は人の姿を得て、彼を抱き起こした。胸の刺し傷も脇腹の銃創も致命傷は避けたが失血が多く、このままでは長くはない。彼女が抱きかかえ、探偵が手首を摩(さす)りながら駆けつけ、妖精が傍(そば)にしゃがみこんで救急キットを広げても反応はなかった。

「こんな死に方なんて許しませんよ、ノーマン君」

だから、涙花が彼の胸に手を置いた。長い白髪を晒(さら)し、白魚のような細い手には何も着けず。あらゆるものに触れることを厭(いと)う少女は、世界で唯一触れることを望む男の為(ため)に異能を使う。

「ノーマン君」

シズク・ティアードロップは自分の安らぎである人を呼ぶ。

「ノーマン様」

エルティール・シリウスフレイムは自分を恐れない人を呼ぶ。

「ノーマン」

ロンズデー・エンハンスダイヤは自分に正しさをくれる人を呼ぶ。

「ノーマン先生」

クラレス・エアリィステップは自分を退屈させない人を呼ぶ。

「――――ぁ」

そして彼から声が漏れた。

共鳴だ。

シズクの異能を四人を経由して増幅した心をノーマンに注ぎ込む。

かつては届かなかったけれど、今なら届く。

愛しい人に伝えたいことは、簡単なことだから。

――――**《残響涙花》**は心を震わせる。

「…………はぁぁぁ」

ノーマンの目に光が宿り、彼は自分たちを囲む四人を見る。

シズクは慣れない異能の使い方のせいで滝のような汗をかいていた。エルティールは縋り付くようにノーマンを抱きかかえていた。ロンズデーは薄い笑みを浮かべ、けれど震える指で挟む煙草に火はついていなかった。クラレスには笑みは無くただ必死な表情で治療を始めていた。

ノーマンは、何か気の利いたことを言おうとして、

「……………今の、なんか凄い良かったな。またやってほしい」

小突かれ、引っかかれ、蹴られ、傷口を強めに押されたのでやっぱり良くなかったのだろう。

●

「ノオォォォォォォオオマンくぅぅぅぅぅぅんんんん！！！」

黒かった空が少しずつ白んでいき、朝を迎えようとする中で響く叫びがあった。

五人が視線を向けた先にいたのは、満身創痍というのも生易しい姿のジムだった。

全身は血に塗れ、至る所から折れた骨が肉を突き破っている。腕や足はおかしな方向を向き、足取りも不安定。

「見たよ私は！　今のそれらを！　それこそが私が求めていたものだ！　ははは！　やはりだ！　やはり君が鍵だったんだねノーマン君！　最高だよ！」

それでも、彼の目は爛々と輝き、喜色に染まっていた。

「………うっわ。出ましたよ。あの人あんなんでしたっけ」

「生理的に受け付けない方でしたが……随分と変わりましたね」

「前々から大概キモかったが、さらにひどいな」

「状況的にこんなのが黒幕かな？　やれやれなんというか……って先生？」

思い思いに、珍しく意見が重なり引いていた四人だったが、ジムと同じくらいに怪しい足取りでノーマンも立ち上がって一歩前に出た。

「……ジム、本当にしつこいな君は」

「悪いねノーマン君！　君と心中するのも楽しそうだったが、そうも行かなくなった！　今まさに！　君を救ったその四人、その姿！　なんだアレは⁉」

ジムの身体はこれまでに比べればゆっくりとした速度で修復を始めている。

「身体の発光！　それらの持つ異能とは全く別の性質だ！　教えてくれよ、アレは一体⁉」

「………………はぁ」

吐いた息は長く、諦めが込められている。

「……『臨界症例』。俺はそう呼んでいる」

「『臨界症例』！　なんだねそれは⁉　一体どういう強化だ！」

「違うんだよジム。強くなってるんじゃない、むしろ、全く逆のものだ」

それは、

「言ってみればこれはただの安全弁だ。異能の発動度合いを、体を通して視覚化させただけ。できることが広がったわけじゃない。異能が安定したって言っても、まだ分からないことは多く、暴走する危険がゼロじゃないんだから」

「…………ならば、あの発光は」

「さっきのは、『安定状態』……つまり、あのくらいなら、問題ない負担ってことだよ。暴走手前の『深化状態』になるともっと派手に、綺麗になる。本当に、ただそれだけの目安だ」

シズクたちが戦う時に、ノーマンが隣か後ろでただ突っ立っているのはそれが理由。

戦闘中に、彼女たちの負担を見定め、問題があればすぐに止められるように。

いつだって、彼は彼女たちを見つめている。

「《アンロウ》の異能は感情と直結しているから、使っていなくても気持ちが昂るとちょっと光ったりもするけどね。まぁ副作用って言うほどでもない」

「…………いや、何を言っているんだノーマン君。強化ではない？　いいや、違う、違うぞ！　能力の安定化と発動率の視覚化！　管理しやすくなる！」

興奮は最高潮。ついに知った境地にジムは吠え、感情が爆発する。

「一体、そんなことをどうやったんだ⁉」

「別に、難しい話じゃないんだけどなぁ。つまり異能の応用と同じさ」

対して、ノーマンはふらつきながら息を整えて。

「長く語る気はないけど、相手に気遣って寄り添えばいいんだ。

シズクの場合、服装の都合で髪を変化させることになった。細くて滑らかな彼女の綺麗な髪だ。最初は一房ずつ二人で握りしめて、そこに意識を向けてたんだけど、かなりの役得だったよね。ずっとシズクの手にも髪にも触れられてたんだから。向き合ったり膝や背中に乗せたりして、最初は照れてたのも可愛かったし、少しずつ距離感無くなったのも嬉しかったよ。猫みたいで。そういうところがシズクの可愛さだ。外じゃちょっと離れた距離にいるんだけど二人きりの時はべったりでさ。今じゃもうお互いくっついたままそれぞれ別のやることもできたりするようになっちゃった。ふとそう気づいた時は感動すら覚えたもんだよ。まぁ君は一生見られないけど。というか俺以外の男に見せる気とかないし見たら殺すしかないんだけど。

エルは最初から変身の余波で目の色が変わったからそこを光らせるのは簡単だったんだけど、問題は犬状態でさ。わかりやすく毛が炎みたいに燃えるようにするのに全身をブラッシングするところから始まったんだよね。犬の時のエルの毛皮はふわっふわで何度か寝落ちしたりもしちゃったな。そしたらエルも一緒に寝ちゃって、起きたら変身が解けてて裸のエルに抱きしめられてたこともあったけどあれは凄かった。目を開けたらどーんって立派なのがあるんだよ。

でもね、エルの魅力はやっぱりその優しさと献身だよ。何から何まで俺のために尽くしてくれる。正直、エルに対してちょっとぞんざいな扱いをするのは心苦しい。でもそこにちょっと喜んでいる自分もいたりするから困ったもんだよ。一生エルにお世話されて怠惰に暮らしたい。

ロンズデーさんの身体の線は刺青みたいだけど最初は血管を光らせたんだよね。でもそれちょっとグロいし、ロンズデーさんには綺麗で格好良くあってほしいから、肌にインクで線を描いて、そこを光らせるようにしたわけだ。難題なのはロンズデーさんの身体に指で描いたもんだから目にも指にも毒なんだよね。描いてる途中もちょっかいかけてくるし。必要なことだから全力で理性を保たせたけども。そういうちょっかいしてる時が恰好良くて困る。というかロンズデーさんは何をしていても恰好いい。本人も似たようなこと言ってたけどこの世の宝石全部集めてもロンズデーさんの価値には遠く及ばない。あれ？　これ俺さっきも言ったっけ？　いいか。何度口にしても良いものだよね。いつも見惚れちゃうのを止められない。

クラレスの発現自体はすごく簡単だったんだよね。俺が何かするまでもなくできちゃってたから。このあたりやっぱり天才肌だから凄いよ。楽しかったのは羽根のデザインを一緒に考えたことだ。クラレスはおしゃれさんだからね。それに似合うものじゃないと我慢できないじゃん？　彼女らしく、妖精らしいものを。その間もクラレスは俺をからかってきてね、白状するとあぁして弄られるのはちょっと楽しい。仕方ないよね、俺の反応を楽しんで笑ってる時のクラレスが一番可愛いんだから。君には分からないだろうけど、クラレスっていっつも同じ笑顔なようで実は全然違うんだよ。声のトーンとか笑い方の角度とかね。それを読み取ってるだけで時間はあっという間にすぎるんだからほんと魔性という他にない子だ。

ね？　簡単な話でしょ。相手をちゃんと思いやれば誰だってできることさ」

「…………………………」

絶句は、四人分。

シズクは狙撃銃を落としかけ、エルティールの喉からは奇声が零れ、ロンズデーは煙草を落とし、クラレスでさえも普段の笑顔を崩して口を大きく開けていた。

ノーマンが自分のたちのことを想ってくれていることを四人は知っている。

それでも、普段の彼は今のようなあからさまな言葉で感情を表現することはないし、内容にしても欲望塗れの言葉を直接言うこともない。

「私の、《残響涙花》のせい……？」

思い当たることがあるのはシズクだった。

先程ノーマンを助けるために《残響涙花》を使ったが、それにはイレギュラーがあった。

そもそも彼に対してシズクの異能は効いていなかったし、さらには他人を経由した残響を、さらに他人にぶつけるなんて使い方をしたのも初めてだった。

その結果、言葉が溢れて止まらなかったノーマンがいるのだろうか。

分からない。

何も分からないけれど。

彼の言葉は。

彼が思っていたことは。

「……つまり、アレかね、ノーマン君」

怒濤の感情暴露に対し、ジムは少し言葉を選んでから、口を開いた。

「その『臨界症例』に必要なのは《アンロウ》に対する理解と共存だと？」

「あぁそうだ。ずっとそう言っているだろ。バケモノとしてじゃなく、人間として接すればいいだけだ。分からなくても、分からないままに愛せばいいんだよ」

「…………そう、か」

告げられた彼は頷き、揺れ、震え、

「――は、はは、ははは！　そうか！　そうだったか！　やっと理解できた！　やっと君を確かに知ることができたよノーマン君！　確かに、私はずっと間違えていたようだ！」

ジム・アダムワースが求めていたもの。今ある位階のさらに先、そこへ至る道。

遠く、城壁の向こうから顔を出そうとする太陽が彼を照らす。

「愛！　愛だなんて！　そんなことが、そんな曖昧なものが鍵とはな！　ありがとうノーマン君、教えてくれて！　あぁだが困ったな、これは再現が難しい！　私は《アンロウ》を愛するなんて変態の所業ができない――――いや、そうか、そうだ！　良いことを思いついた！」

血塗れの少年は破顔し、

「――君が、私を愛してくれ！　私も君なら愛せる！　私を高みへと導いてくれ！」

そして朝日を背に、四つの光が爆発した。

シズク・ティアードロップの長髪は深い青に輝き。

エルティール・シリウスフレイムの反転瞳は黄の炎を宿し。

ロンズデー・エンハンスダイヤの全身を鮮やかな赤の線が駆け巡り。

クラレス・エアリィステップの背は緑に煌めく幾何学模様の羽根を背負う。

『臨界症例』――――『深化状態』。

異能の暴走一歩手前の姿は、本来ならばそうなっただけでノーマンに止められるはずだった。

だが、ノーマンの言葉とジムの戯言を前には誰も止められなかった。

涙花の弾丸がジムの片足を吹き飛ばし、黄炎を纏う魔犬が胴を噛み砕いて投げ飛ばしたところを飛び上がった宝石が蹴り落とし、地面に跳ねた直後に妖精の剣が首を刎ね飛ばした。

ごとりと、ノーマンの足元に生首が転がり、

「ノーマン君！　見たかね⁉」

首だけになっても、限界まで目を見開いてあいも変わらず歓喜を浮かべている。

「君が正しかった！　今のアレらこそ私がずっと求めていた《位階Ⅲ》の先……！」

「はいはいおめでとう。でも悪いけど」

言いつつ懐から取り出したのは――――拳銃だった。

「『臨界症例』を知られた以上、確実に殺させてもらう」

ノーマンの背から伸びる朝日は彼自身の身体に遮られ、影と共にジムの生首に向けられる。

「一つだけ、告白しておこう。君が俺を尋問してる時、情報員が調査中に失踪したり死んだりすることを愚痴ってたよね」

「——君、まさか」

「そうだ。俺が消した」

あっさりと、ノーマン・ヘイミッシュは『カルテシウス』への背反を口にした。

「安全弁とは言ったけど、君みたいな輩が『臨界症例』に目をつけるのは分かっていた。だから申し訳ないけれど」

「だから私も殺すと？——いいだろう！　殺してくれ！　私も生首状態で死ぬか興味がある！　だがねノーマン君！　これでも私が死ななかったら！　それはもう運命としか言えない！　絶対にまた戻ってくるよ！　そして、共に高みに行こう！」

「俺はどこにも行かなくていい」

一瞬、四人に視線を向け、

「俺の守りたいものはここにある」

告げるように撃鉄を起こし、

「——俺の心が、そう決めたんだ」

引き金を引いた。

エピローグ

窓の無い執務室でノーマンは二人の女と向き合っていた。

スフィア・ヘイミッシュ。

ノーマンと同じ髪と目の色に眼鏡を掛けた彼女は『カルテシウス』バルディウム支部長。

その背後には黒スーツに黒髪の女、アイリス・ノートン。主に街内の《アンロウ》の情報を精査、収集する情報官であり、スフィアの秘書も兼ねている。

「ふむ。では体調はどうですか？」

「体調はどう？　難しい問いだね。難問だ。胸には刺し傷、脇腹には銃創、左腕には罅が入って右耳は裂けてる。タワーのてっぺんから落ちたのが二週間前。杖無しじゃ歩くの難しい。そんな体調で病院から追い出されて呼び出されたんだ。いやほんと、絶好調だよ」

「なら問題ないですね」

しれっとほほ笑む姉にノーマンは無言という無意味な抗議をするだけだった。

全く意味がないとしても。

「さて愚弟。呼び出した要件は二つです」

「なにさ。あの変態役者についてはもう報告したでしょ。姉さんじゃなくてアイリスにだけど。

姉さんは見舞いに一回もこなかったし、アイリスも見舞いっていうより事情聴取だったけど。ていうか先に聞きたいんだけどジムどうなったの？　ちゃんと死んでた？」

「えぇ、処理をしました。具体的には聞かない方がいいでしょう」

「あー、はいはい。聞きたくないし、思い出したくもない」

「ジム・アダムワースは死に、《アンロウ》の軍事利用は一先ず停止、少なくとも当分は問題ないでしょう。勿論この街からの徴兵なんてことも」

「じゃなきゃあそこまでした意味がない」

「えぇ、そのあたりは私の仕事ですが、貴方に関係あることが一つ」

そう言って、スフィアは机から小箱を取り出し、机に置く。

「どうぞ」

「…………どうも」

痛む体で取りに行き、椅子に座り直してから箱を開ける。

中にあったのはバッジだ。

杖と帽子、それを囲む青、赤、黄、緑の意匠。それから帽子のつばの所に文字がある。

『Elementary』。

「……なにこれ」

「常々表向きの仕事が欲しいと言っていたでしょう？　今回の仕事の成果として用意しました。

探偵事務所『エレメンタリー』。諸々の書類は既に貴方の下宿先に、そこをそのまま事務所として使ってください」

「…………どんだけミーハーなんだよ」

「いいえ、四元素です」

「はぁ？　あー……なるほど。なんだかなぁ」

「良かったですね、彼女たちのために必死で事件を解決し、『カルテシウス』に対する得点稼ぎをした甲斐があったじゃないですか」

皮肉気味に笑う姉に反応はせず、

「二つ目の案件は」

「次の仕事です」

「……あぁ、そう分かったよ。病み上がりだけど頑張りますよ」

「えぇ。それでは以上です」

ため息を吐いてノーマンは立ち上がる。

杖に体重を預けながら扉を開けて、

「――――ヘイミッシュ」

声は、スフィアではなく、それまで口を閉じていたアイリスから。

「その探偵事務所が、お前の望んでいたものか？」

冷たい氷の刃のような言葉だった。

「……まぁ、思ってたのじゃないけどね。悪くはないんじゃない」

「そうか」

彼女の瞳は、ノーマンを真っすぐに射貫き、

「――――お前は、変わらないな」

●

「どっちに座る？」

「じゃあこっちにしておこう」

「いいだろう」

ノーマン・ヘイミッシュの下宿先のリビングにて。

部屋に二つしかないソファにクラレスとロンズデーは我が物顔で腰を下ろしていた。

「エルティール、お茶を淹れてくれ。ブランデー入りで」

「いいね、ボクはロイヤルミルクティーで」

「お二人とも、私は貴女たちの使用人ではないのですが」

エルティールは箒で部屋を掃きながら答える。

彼が入院している間も定期的に訪れて掃除はしていたが、改めて行っていた。

「やるならご自分でどうぞ」

「どうする、クラレス」

「どうせノーマン先生が帰ってきたら淹れてくれるだろうし待つとしよう」

「確かに、良い判断だ」

クラレスは置いてあった本を勝手に読みだし、ロンズデーは煙草を吸い出した。

「全く……」

そんな二人に対してエルティールは思わずため息を吐いた。

言って聞くような二人ではないので仕方ない。

「協調性の欠片もないですね」

皮肉気に笑うシズクは部屋の片隅で作業をしており、

「君に言われるのは心外だなシズク。随分と物騒なものを広げているじゃないか」

「ノーマン君に護身術を教えてもらっているのはクラレスさんだけではないですから」

「くすくす、物騒な護身術だ」

ほほ笑むクラレスの視線の先にあるのはシズクが素手で握る整備中のライフルだった。

鈍色の部品を整備用の油拭きする彼女は他のことには我関せずである。

「君もこっちに来たらどうだい、仮にもボクらは先輩後輩なんだし」

「私は退学済みですけどね、先輩」

「いいじゃないかシズク。お前もこっち来いよ。仲良くしようじゃないか」

「……結構です、探偵さん。仲良くする必要がありますか？」

「良い質問だ。あるだろう、これからを考えるとな」

「探偵事務所、でしたね。ノーマン様が一国一城の主となるのは素晴らしいことです」

「エレメンタリー、笑っちゃうけどね」

既に四人ともスフィアから探偵事務所の設立は聞かされているし、だからこそノーマンの退院に合わせて集まっている。

そうでなければ集まらない。

お茶会をするなら殺し合いになりそうな四人だ。邪魔だからとか、面白そうだとか、そういう理由でふとしたきっかけでそういう風に発展していてもおかしくない。

根本的に。

彼女たちがこれまで互いに不可侵であったのは、ノーマンが自分たち四人を守ろうとしているのを知っていたからだ。

「……事務所なんて、必要ですか？」

部品の磨きを終え、慣れた手つきで組み上げながらシズクは呟く。

「一年半、それぞれがそれぞれで上手くやっていたじゃないですか」

独り言のようではあるが、しかし今はその独り言を拾う者がいる。

「必要か不要かでいえば不要だろうけど」

いつも通りの笑みを浮かべた妖精が花が零した涙を拾い上げる。

「今回はボクら四人で先生を助けた。ちょっとした奇跡だね。でもそれはボクら四人みたいなのにずっと寄り添ってくれた先生が起こした奇跡だ。ならその奇跡をもっと先生に見せてあげたいとは思わないかい？　ほら、先生はきっと喜ぶと思うよ、ボクらがお茶しているのを見ると」

「…………」

シズクの手が、一瞬止まった。

ロンズデーは楽し気に煙草をふかし、エルティールもクラレスの言葉に耳を澄ます。

「君は四人で一緒にいるのは我慢ならないかな？」

「……そこまででは。……まぁ、別にどっちでもいいですよ」

「なら、集まってもいいわけだ」

カシャンと、小気味の良い音がした。シズクが組み上がったリボルバーを回した音だ。整備を終えたシズクはすぐには答えず、手を布巾で拭い、銃身だけもう一度外す。横に置いておいたバイオリンケースに丁寧に仕舞って、

「…………ノーマン君が喜ぶなら、良いでしょう」

シズクは不承不承ながらという様子で、けれど立ち去らなかった。

銃を仕舞ったものとは別のケースからバイオリンを取り出し、指で適当に鳴らし始める。

「口が巧いな」

「それはどうも。探偵さんはどう思ってるんだい？」

「どうだろうな。エルティールはどうだ？」

「ノーマン様が喜ぶなら構いません」

即答だった。集めたゴミをちりとりで集めゴミ箱に捨てる彼女は、自分の言ったことが当然であるかのように迷いはない。忠犬らしく主の幸せを願うだけ。それが彼女の幸せなのだから。

「流石だな。まぁ私も大体同意見だ。それに探偵事務所も悪くないし」

「くすくす、主体性のない四人だねぇ」

「――はん、エレメンタリーだからな」

「？」

ロンズデーの言葉にクラレスが少しだけ眉をひそめた。

シズクとエルティールも何を言い出したのかと彼女に視線を集める。

ロンズデーはその視線を受け止めながら笑う。

「四元素論というやつだ。四つの元素が世界を構成するというもの。ほら、私たちらしいだろ？」

探偵らしく真実を告げる、というほど強い言葉ではなかった。

苦笑交じりの、ささやかな祈りを紡ぐようなもの。

地水火風。四つの元素。一つの世界。

シズク・ティアードロップ。

エルティール・シリウスフレイム。

ロンズデー・エンハンスダイヤ。

クラレス・エアリィステップ。

四人が集まって――一人の世界になる。

ノーマン・ヘイミッシュという世界に。

「――Elementary」

だから、この四人が集まれる事務所は。

ここならば。

部屋の片隅で震えていなくていい。自分の姿を隠さなくていい。為すべきことを迷わなくていい。退屈なんてしなくていい。

彼が夢見たものであり、約束した居場所であり、彼が起こした奇跡なのだ。

だったらいいなと、四人は同じことを思った。

下宿先に戻ったノーマンは玄関のドアノブに手を掛け、

「…………」

鍵は開いていた。少しだけ考えて、無造作に開ける。

「――やぁ、ただいま」

扉を開けた先のリビングには思った通りに四人がいた。

バルディウムタワーの一件では思い返せば凄いことを言った気がするが、まぁいいだろう。

自分でもらしくなかったとは思うが、嘘はない。

「おかえりなさい」

シズクは部屋の隅っこで床に胡坐で座っている。隣にはバイオリンケースが二つ。フードをかぶったまま、けれど手袋は外している。バイオリンを指で弾き、口端には少しだけ笑みが。

「おかえりなさいませ。お茶を淹れましたよ」

エルティールは丁度リビングから出て来たところだった。両手には五人分のティーセット。

「遅かったな、またぞろあの腹黒から面倒事でも頼まれたんだろう？　楽しい事件だと良いが」

ロンズデーは部屋に二つしかないソファに我が物顔で座り、足は隣の小さなテーブルの上に。

上機嫌に煙草をふかしていた。

「ふむ、楽しいお仕事はボクも大歓迎だね。お帰り、ノーマン先生」

クラレスはロンズデーの向かいに置かれたソファに行儀良く座っている。

いつも通りの変わらない笑み。けれどそれが作りものではないということは見れば分かった。

「――――あぁ」

きっと、これもまたノーマン・ヘイミッシュの「どうして」だ。

彼女たちが排斥されることが許せないのと同じくらいに。

彼女たちが居場所を手に入れてほしいのだ。

いつか、そんなことを彼女たちと約束した。

もっといえば四人が集まってお茶できるような光景が見られるのならばと。

絵空事だと思っていた光景が目の前にあった。

ちょっとした奇跡だ。

今回の一件、とんでもない苦労をしたけれど。

この光景があって、これからも見られるというのなら。

それはきっと何よりも得難いものだろう。

苦労した甲斐があった。

「さて、さっそくだけどお茶を飲みつつ皆に話がある」

涙花を。

魔犬を。

宝石を。

妖精を。

ゆっくりと彼は見回した。

大切な四人を。

「ろくでもない話だけど——次の事件だ」

城壁に囲まれた街。

風の吹かない街で。

人間とバケモノの物語は続いていく。

あとがき

ラブコメを書こうと思ってこの話を書き始めた時、『コメディ』は一旦置いといて『ラブ』ってなんだろうって真面目に考えました。考え方はいくらでもあると思うんですが、今回の話において『理解ものに対して、理解できないまま愛する』というのを答えにしました。理解できないものは恐ろしいし、拒絶してしまいます。だとしても……という点においてノーマンはこの物語の主人公になったのかと思います。

……などと、せっかくあとがきを読んで頂いているのでそれぽっぽいこと書いてみたんですが、どうなんでしょうか。『コメディ』どこ行った？　って感じがします。まぁ『ラブ』はたっぷり書けたし、自分の書きたいことはありたっけぶつけられたかと思います。

改めまして、はじめまして柳之助（りゅうのすけ）です。今後とも長いお付き合いができればと思います。

では、この場を借りて多くの方に感謝を。

エンタメの溢（あふ）れかえる今の世に、この本を買ってくださった読者の皆様。買ってよかったな、続きを読みたいな、と思ってもらえれば幸いです。

電撃大賞に関わった編集部、選考委員の方々。エントリーの場を作ってくださったカクヨムの方々、ありがとうございます。本を出すという夢が現実になりました。

長い間ウェブから追ってくださった読者の方々。今後ともよろしくお願いします。

編集さん、この本のことは勿論、何も知らない私に色々なことを教えてくださってありがとうございます。オタクとしての波長が合いまくってるので助かってます。

イラストのゲソきんぐ先生。描いて頂いたイラスト、どれも素晴らしく貰ったものをずっと眺めています。私の好みドンピシャすぎて、イラスト担当してくださって本当に良かったなと思います。今後とも長くタッグ組んで行けたらなと。

他にも関わって頂いた全ての方々、ありがとうございました。

読者から作者になって一番感じたのは、関わる人達の多さでした。

最後に、この本はノーマンとヒロインによる一対一のお話でした。もしこの先があるならヒロイン同士の話や、ノーマンとヒロインたち五人の物語をお届け出来たらと幸いですね。

それではまたどこかでお会いできることを願っております。

◉柳之助著作リスト

「バケモノのきみに告ぐ、」（電撃文庫）

本書に対するご意見、ご感想をお寄せください。

ファンレターあて先
〒102-8177　東京都千代田区富士見2-13-3
電撃文庫編集部
「柳之助先生」係
「ゲソきんぐ先生」係

本書は、第30回電撃小説大賞で《銀賞》を受賞した『簡単なことだよ、愛しい人』を加筆・修正したものです。

電撃文庫

バケモノのきみに告ぐ、

柳之助

2024年５月10日　初版発行

発行者　山下直久
発行　株式会社KADOKAWA
〒102-8177　東京都千代田区富士見2-13-3
0570-002-301（ナビダイヤル）
装丁者　荻窪裕司（META＋MANIERA）
印刷　株式会社暁印刷
製本　株式会社暁印刷

●お問い合わせ
https://www.kadokawa.co.jp/（「お問い合わせ」へお進みください）
※内容によっては、お答えできない場合があります。
※サポートは日本国内のみとさせていただきます。
※ Japanese text only

※定価はカバーに表示してあります。

ISBN978-4-04-915529-7　C0193　Printed in Japan

電撃文庫　https://dengekibunko.jp/

電撃文庫DIGEST　5月の新刊　発売日2024年5月10日

第30回電撃小説大賞《銀賞》受賞作

新作 **バケモノのきみに告ぐ、**

著／柳之助　イラスト／ゲソきんぐ

尋問を受けている。語るのは、心を異能に換える《アンロウ》の存在。そして4人の少女と共に戦った記憶について。いまや俺は街を混乱に陥れた大罪人。でも、希望はある。なぜか？——この『告白』を聞けばわかるさ。

私の初恋は恥ずかしすぎて誰にも言えない②

著／伏見つかさ　イラスト／かんざきひろ

「呪い」が解けた楓は「千秋への恋心はもう消えた」と嘘をつくが「新しい恋を探す」という千秋のことが気になって仕方がない。きょうだいで恋愛なんて絶対しない！　だけど……なんでこんな気持ちになるんですか！

続・魔法科高校の劣等生

メイジアン・カンパニー⑧

著／佐島 勤　イラスト／石田可奈

FAIRのロッキー・ディーンが引き起こした大規模魔法によって、サンフランシスコは一夜にして暴動に包まれた。カノープスやレナからの依頼を受け、達也はこの危機を解決するためUSNAに飛ぶ——。

ほうかごがかり3

著／甲田学人　イラスト／potg

大事な仲間を立て続けに失い、追い込まれていく残された「ほうかごがかり」。そんな時に、かかりの役割を逃れた前任者が存在していることを知り——。鬼才が放つ、恐怖と絶望が支配する"真夜中のメルヘン"第３巻。

組織の宿敵と結婚したらめちゃ甘い2

著／有象利路　イラスト／林けゐ

敵対する異能力者の組織で宿敵同士だった二人は——なぜかイチャコラ付き合った上に結婚していた！　そんな夫婦の馴れ初めは、まさかの場末の合コン会場で……これは最悪の再会から最愛を掴むまでの初恋秘話。

凡人転生の努力無双2
～赤ちゃんの頃から努力してたらいつのまにか日本の未来を背負ってました～

著／シクラメン　イラスト／夕薙

何百人もの祓魔師を葬ってきた《魔》をわずか五歳にして祓ったイツキ。小学校に入学し、イツキに対抗心を燃やす祓魔師の少女と出会い!?　努力しすぎて凡人なのに最強になっちゃった少年の痛快無双譚、学園入学編！

放課後、ファミレスで、クラスのあの子と。2

著／左リュウ　イラスト／magako

突然の小白の家出から始まった夏休みの逃避行。楽しいはずの日々も長くは続かず、小白は帰りたくない元凶である家族との対峙を余儀なくされる。けじめをつける覚悟を決めた小白に対して、紅太は——。

【恋バナ】これはトモダチの話なんだけど2 ～すぐ真っ赤になる幼馴染はキスがしたくてたまらない～

著／戸塚 陸　イラスト／白蜜柑

あの〝キス〟から数日。お互いに気持ちを切り替えた一方、未だに妙な気まずさが漂う日々。そんななか「トモダチが言うには、イベントは男女の仲を深めるチャンスらしい」と、乃愛が言い出して……？

ツンデレ魔女を殺せ、と女神は言った。3

著／ミサキナギ　イラスト／米白粕

「俺はステラを救い出す」女神の策略により、地下牢獄に囚われてしまったステラ。死刑必至の魔女裁判が迫るなか、女神に対抗する俺たちの前に現れたのは《救世女》と呼ばれるどこか見覚えのある少女で——。

新作 **孤独な深窓の令嬢はギャルの夢を見るか**

著／九曜　イラスト／椎名くろ

とある「事件」からクラスで浮いていた赤沢公親は、コンビニでギャル姿のクラスメイト、野添瑞希と出会う。学校では深窓の令嬢然としている彼女の意外な秘密を知ったことで、公親と瑞希の奇妙な関係が始まる——。

新作 **幼馴染のVTuber配信に出たら超神回で人生変わった**

著／道野クローバー　イラスト／たぴおか

疎遠な幼馴染の誘いでVTuber配信に出演したら、バズってそのままデビュー……ってなんで！？　Vとしての新しい人生は刺激的でこれが青春ってやつなのかも……そして青春には可愛い幼馴染との恋愛も付き物で？

新作 **はじめてのゾンビ生活**

著／不破有紀　イラスト／雪下まゆ

ゾンビだって恋をする。バレンタインには好きな男の子に、ライバルより高級なチーズをあげたい。ゾンビだって未来は明るい。カウンセラーにも、政治家にも、宇宙飛行士にだってなれる——！

新作 **他校の氷姫を助けたら、お友達から始める事になりました**

著／皐月陽龍　イラスト／みすみ

平凡な高校生・海似蒼太は、ある日【氷姫】と呼ばれる他校の少女・東雲凪を痴漢から助ける。次の日、彼女に「通学中、傍にいてほしい」と頼まれて——他人に冷たいはずの彼女と過ごす、甘く溶けるような恋物語。